U0088084

韓語會話

萬用小抄

한국어 회화책,
이 책 하나면 충분!

一本就 GO

什麼狀況都無所畏懼！
一本就夠!!

其組合方式有以下幾種：

1.子音加母音，例如：저(我)
2.子音加母音加子音，例如：밤（夜晚）
3.子音加複合母音，例如：위（上）
4.子音加複合母音加子音，例如：관（官）
5.一個子音加母音加兩個子音，如：값（價錢）

簡易拼音使用方式：

1. 為了讓讀者更容易學習發音，本書特別使用「簡易拼音」來取代一般的羅馬拼音。
   規則如下，
   例如：
   그러면 우리 집에서 저녁을 먹자.
   geu.reo.myeon/u.ri/ji.be.seo/jeo.nyeo.geul/meok.jja
   ----------普遍拼音
   geu.ro*.myo*n/u.ri/ji.be.so*/jo*.nyo*.geul/mo*k.jja
   ------------簡易拼音
   那麼，我們在家裡吃晚餐吧！

   文字之間的空格以「/」做區隔。
   不同的句子之間以「//」做區隔。

基本母音：

	韓國拼音	簡易拼音	注音符號
ㅏ	a	a	ㄚ
ㅑ	ya	ya	ㄧㄚ
ㅓ	eo	o*	ㄛ
ㅕ	yeo	yo*	ㄧㄛ
ㅗ	o	o	ㄡ
ㅛ	yo	yo	ㄧㄡ
ㅜ	u	u	ㄨ
ㅠ	yu	yu	ㄧㄨ
ㅡ	eu	eu	(ㄜ)
ㅣ	i	i	ㄧ

特別提示：

1. 韓語母音「ㅡ」的發音和「ㄜ」發音有差異，但嘴型要拉開，牙齒快要咬住的狀態，才發得準。
2. 韓語母音「ㅓ」的嘴型比「ㅗ」還要大，整個嘴巴要張開成「大O」的形狀，
   「ㅗ」的嘴型則較小，整個嘴巴縮小到只有「小o」的嘴型，類似注音「ㄡ」。
3. 韓語母音「ㅕ」的嘴型比「ㅛ」還要大，整個嘴巴要張開成「大O」的形狀，
   類似注音「ㄧㄛ」，「ㅛ」的嘴型則較小，整個嘴巴縮小到只有「小o」的嘴型，類似注音「ㄧㄡ」。

基本子音：

	韓國拼音	簡易拼音	注音符號
ㄱ	g,k	k	ㄎ
ㄴ	n	n	ㄋ
ㄷ	d,t	d,t	ㄊ
ㄹ	r,l	l	ㄌ
ㅁ	m	m	ㄇ
ㅂ	b,p	p	ㄆ
ㅅ	s	s	ㄙ,(ㄒ)
ㅇ	ng	ng	不發音
ㅈ	j	j	ㄗ
ㅊ	ch	ch	ㄘ

特別提示：

1. 韓語子音「ㅅ」有時讀作「ㄙ」的音，有時則讀作「ㄒ」的音。「ㄒ」音是跟母音「ㅣ」搭在一塊時，才會出現。
2. 韓語子音「ㅇ」放在前面或上面不發音；放在下面則讀作「ng」的音，像是用鼻音發「嗯」的音。
3. 韓語子音「ㅈ」的發音和注音「ㄗ」類似，但是發音的時候更輕，氣更弱一些。

氣音：

	韓國拼音	簡易拼音	注音符號
ㅋ	k	k	ㄎ
ㅌ	t	t	ㄊ
ㅍ	p	p	ㄆ
ㅎ	h	h	ㄏ

特別提示：

1. 韓語子音「ㅋ」比「ㄱ」的較重，有用到喉頭的音，音調類似國語的四聲。
   ㅋ = ㄱ + ㅎ
2. 韓語子音「ㅌ」比「ㄷ」的較重，有用到喉頭的音，音調類似國語的四聲。
   ㅌ = ㄷ + ㅎ
3. 韓語子音「ㅍ」比「ㅂ」的較重，有用到喉頭的音，音調類似國語的四聲。
   ㅍ = ㅂ + ㅎ

複合母音：

	韓國拼音	簡易拼音	注音符號
ㅐ	ae	e*	ㄝ
ㅒ	yae	ye*	ㄧㄝ
ㅔ	e	e	ㄟ
ㅖ	ye	ye	ㄧㄟ
ㅘ	wa	wa	ㄨㄚ
ㅙ	wae	we*	ㄨㄝ
ㅚ	oe	we	ㄨㄟ
ㅞ	we	we	ㄨㄟ
ㅝ	wo	wo	ㄨㄛ
ㅟ	wi	wi	ㄨㄧ
ㅢ	ui	ui	ㄜㄧ

特別提示：

1. 韓語母音「ㅐ」比「ㅔ」的嘴型大，舌頭的位置比較下面，發音類似「ae」；「ㅔ」的嘴型較小，舌頭的位置在中間，發音類似「e」。不過一般韓國人讀這兩個發音都很像。

2. 韓語母音「ㅒ」比「ㅖ」的嘴型大，舌頭的位置比較下面，發音類似「yae」；「ㅖ」的嘴型較小，舌頭的位置在中間，發音類似「ye」。不過很多韓國人讀這兩個發音都很像。

3. 韓語母音「ㅚ」和「ㅞ」比「ㅙ」的嘴型小些，「ㅙ」的嘴型是圓的；「ㅚ」、「ㅞ」則是一樣的發音。不過很多韓國人讀這三個發音都很像，都是發類似「we」的音。

硬音：

	韓國拼音	簡易拼音	注音符號
ㄲ	kk	g	ㄍ
ㄸ	tt	d	ㄉ
ㅃ	pp	b	ㄅ
ㅆ	ss	ss	ㄙ
ㅉ	jj	jj	ㄗ

特別提示：

1. 韓語子音「ㅆ」比「ㅅ」用喉嚨發重音，音調類似國語的四聲。
2. 韓語子音「ㅉ」比「ㅈ」用喉嚨發重音，音調類似國語的四聲。

*表示嘴型比較大

方向性動作篇

가다 **去、往** 16
오다 **來** 23
나가다 **出去** 29
나오다 **出來、出現** 33

時間天氣篇

요일 **星期** 38
날짜 **日期** 43
시간 **時間** 49
큰 명절 **重大節日** 58
계절 **季節** 63
좋은 날씨 **好天氣** 68
안 좋은 날씨 **壞天氣** 71
날씨에 대해서 말할 때 **談論天氣** 74

物質與動植物篇

색 **顏色** 80
우주 **宇宙** 84
별자리 **星座** 88
식물 **植物** 92
채소와 과일 **蔬菜和水果** 95
동물 **動物** 100

人物篇

신체부위 **身體部位** 104
느낌 **感覺** 108
외모 특징 **外貌特徵** 112
체중 **體重** 117
나이 **年齡** 121
건강 **健康** 125
질병 **疾病** 129
인간관계 **人際關係** 136
외국 친구 사귀기 **交外國朋友** 141
연애 **戀愛** 147
결혼 **結婚** 154
가족 **家人** 159
성격 **個性** 164
언어 **語言** 170
존댓말과 반말 **敬語與半語** 175
인사말 **問候語** 179

生活篇

주거지 **居住地** 186
학교 **學校** 191
회사 **公司** 198
전화 **電話** 205
운전하기 **開車** 212
대중교통 **大眾交通** 217
길 묻기 **問路** 223
놀러 가기 **出遊** 230

운동 運動 236
취미 생활 業餘愛好 241
시간 약속하기 約時間 246

美食篇

食당 餐館 252
맛 味道 256
주문하기 點餐 261
식사 중 用餐 266
식사 서비스 用餐服務 270
커피 咖啡 273
계산할 때 結帳時 278
술 마시기 喝酒 281

購物篇

매장 賣場 288
복식 服飾 293
신발 鞋子 296
잡화 日用雜貨 299
고를 때 挑選時 303
가격 價格 308
값을 깎을 때 殺價時 311
계산대 收銀台 315
교환 및 환불 退換貨 319

喜怒哀樂篇

기쁨 **高興** 324

슬픔 **悲傷** 327

감동 **感動** 329

분노 **生氣** 332

격려 **鼓勵** 334

불만 **不滿** 336

기대 **期待** 338

실망 **失望** 340

동의 **同意** 342

반대 **反對** 344

후회 **後悔** 346

거절 **拒絕** 348

비난 **責罵** 351

놀라움 **驚訝** 354

허락 구하기 **徵求同意** 356

맞장구 칠 때 **附和他人** 358

韓語會話GO
萬用小抄一本就**GO**

한국어 회화책,
이 책 하나면 충분!

方向性

動作篇

가다
ga.da
去、往

例句

회사에 갑니다.
hwe.sa.e/gam.ni.da
去公司。

집에 가요.
ji.be/ga.yo
回家。

영화관에 갑시다.
yo*ng.hwa.gwa.ne/gap.ssi.da
我們去電影院吧。

식당에 가자.
sik.dang.e/ga.ja
我們去餐館吧。

놀이동산에 가고 싶다.
no.ri.dong.sa.ne/ga.go/sip.da
我想去遊樂園。

사무실에 갔어요.
sa.mu.si.re/ga.sso*.yo
去了辦公室。

한국에 갈 거예요 .
han.gu.ge/gal/go*.ye.yo
要去韓國。

빨리 뛰어가세요 .
bal.li/dwi.o*.ga.se.yo
請您趕快用跑的。

시간이 너무 빨리 가요 .
si.ga.ni/no*.mu/bal.li/ga.yo
時間過得太快了。

이쪽으로 가시죠 .
i.jjo.geu.ro/ga.si.jyo
請往這邊走。

선생님 , 안녕히 가십시오 .
so*n.se*ng.nim//an.nyo*ng.hi/ga.sip.ssi.o
老師，再見。

相關慣用語

── 군대에 가다 當兵、參軍

남자친구가 군대에 갔어요.
nam.ja.chin.gu.ga/gun.de*.e/ga.sso*.yo
男朋友去當兵了。

군대에 가기 싫은 사람은 많아요.
gun.de*.e/ga.gi/si.reun/sa.ra.meun/ma.na.yo
不想當兵的人很多。

이해가 가다 理解

그 사람의 말이 이해가 가요.
geu/sa.ra.mui/ma.ri/i.he*.ga/ga.yo
我能理解那個人的話。

정말 이해가 안 가요.
jo*ng.mal/i.he*.ga/an/ga.yo
真的不能理解。

납득이 가다 理解、接受

엄마 말이 조금은 납득이 가요.
o*m.ma/ma.ri/jo.geu.meun/nap.deu.gi/ga.yo
媽媽的話可以理解一些。

도저히 납득이 가지 않네요.
do.jo*.hi/nap.deu.gi/ga.ji/an.ne.yo
實在無法理解呢！

겨울이 가다 冬天過去

긴 겨울이 가고, 봄이 왔네요.
gin/gyo*.u.ri/ga.go//bo.mi/wan.ne.yo
漫長的冬天過去，春天來了呢！

무더운 여름이 가고 선선한 가을이 왔어요.
mu.do*.un/yo*.reu.mi/ga.go/so*n.so*n.han/
ga.eu.ri/wa.sso*.yo
悶熱的夏天過去了，涼爽的秋天來臨了。

맛이 가다 走味、變味

맛이 간 김치.
ma.si/gan/gim.chi
走味的泡菜。

맛이 상한 김치.
ma.si/sang.han/gim.chi
走味的泡菜。

― ― **출장을 가다** 去出差

내일 기차로 출장을 갈 거예요.
ne*.il/gi.cha.ro/chul.jang.eul/gal/go*.ye.yo
明天我要搭火車出差。

남편이 설 연휴에 출장을 가요.
nam.pyo*.ni/so*l/yo*n.hyu.e/chul.jang.eul/
ga.yo
老公年假時要出差。

― ― **여행을 가다** 去旅行

혼자 여행을 가려고 합니다.
hon.ja/yo*.he*ng.eul/ga.ryo*.go/ham.ni.da
打算一個人去旅行。

친구들과 여행을 가요.
chin.gu.deul.gwa/yo*.he*ng.eul/ga.yo
跟朋友們去旅行。

― ― **시집을 가다** 出嫁

언니가 부산으로 시집을 갔어요.
o*n.ni.ga/bu.sa.neu.ro/si.ji.beul/ga.sso*.yo
姊姊嫁到釜山了。

너 시집 안 가?
no*/si.jip/an/ga
你不嫁人嗎？

– – – – 장가를 가다 娶妻

나도 장가를 가고 싶어.
na.do/jang.ga.reul/ga.go/si.po*
我也想娶老婆。

뭐라고? 누가 장가를 갔다고?
mwo.ra.go//nu.ga/jang.ga.reul/gat.da.go
什麼？你說誰娶老婆了？

句型1

地點 N 에 가다 去某地

會話一

A : 어디에 가요?
　　o*.di.e/ga.yo
　　你要去哪裡？
B : 친구 집에 가요.
　　chin.gu/ji.be/ga.yo
　　我要去朋友家。
　　서점에 가.
　　so*.jo*.me/ga
　　我要去書店。

會話二

A : 학교에 갑니까?
　　hak.gyo.e/gam.ni.ga
　　你去學校嗎？

B : 네, 학교에 갑니다.
　　ne//hak.gyo.e/gam.ni.da
　　對，我去學校。

아니요. 학교에 안 갑니다.
a.ni.yo//hak.gyo.e/an/gam.ni.da
不，我不去學校。
아니요. 편의점에 갑니다.
a.ni.yo//pyo*.nui.jo*.me/gam.ni.da
不，我去便利商店。

句型2

地點N에 가고 싶다 想去某地

會話一

A : 어디에 가고 싶어?
o*.di.e/ga.go/si.po*
你想去哪裡？

B : 백화점에 가고 싶어.
be*.kwa.jo*.me/ga.go/si.po*
我想去百貨公司。
바다에 가고 싶어요.
ba.da.e/ga.go/si.po*.yo
我想去海邊。

會話二

A : 주말에 부산에 가고 싶어?
ju.ma.re/bu.sa.ne/ga.go/si.po*
週末你想去釜山嗎？

B : 응, 가고 싶어.
eung//ga.go/si.po*
恩，我想去。
아니, 안 가고 싶어.
a.ni//an/ga.go/si.po*
不，我不想去。

아니요, 가고 싶지 않아요.
a.ni.yo//ga.go/sip.jji/a.na.yo.
不，我不想去。

句型3

地點N에 가 본 적이 있다 有去過某地

會話

A : 일본에 가 본 적이 있어요?
il.bo.ne/ga/bon/jo*.gi/i.sso*.yo
你有去過日本嗎？

B : 네, 도쿄에 가 본 적이 있어요.
ne//do.kyo.e/ga/bon/jo*.gi/i.sso*.yo
有，我去過東京。

句型4

地點N에 가 본 적이 없다 沒有去過某地

會話

A : 거기에 가 본 적이 있어?
go*.gi.e/ga/bon/jo*.gi/i.sso*
你有去過那裡嗎？

B : 응. 작년에 한 번 가 본 적이 있어.
eung//jang.nyo*.ne/han/bo*n/ga/bon/jo*.
gi/i.sso*
有，去年去過一次。
아니, 가 본 적이 없어.
a.ni//ga/bon/jo*.gi/o*p.sso*
不，沒去過。

오다
o.da
來

例句

토요일에 오세요 .
to.yo.i.re/o.se.yo
請你星期六過來。

서울에 옵니까 ?
so*.u.re/om.ni.ga
你來首爾嗎?

교실에 왔어요 .
gyo.si.re/wa.sso*.yo
我來到教室了。

이리로 와요 .
i.ri.ro/wa.yo
過來這裡。

오빠도 왔어요 ?
o.ba.do/wa.sso*.yo
哥哥也來了嗎?

많은 손님이 오셨어요 .
ma.neun/son.ni.mi/o.syo*.sso*.yo
來了很多客人。

곧 세미 씨가 올 거예요 .
got/se.mi/ssi.ga/ol/go*.ye.yo
世美馬上就來了。

빨리 오시죠 .
bal.li/o.si.jyo
請您快過來。

주인이 오셨다 .
ju.i.ni/o.syo*t.da
主人來了。

언제 오십니까 ?
o*n.je/o.sim.ni.ga
您什麼時候要來？

제가 왔습니다 .
je.ga/wat.sseum.ni.da
我來了。

비가 온다 .
bi.ga/on.da
下雨。

손님 , 다 왔습니다 .
son.nim//da/wat.sseum.ni.da
客人，已經到了。

내일이 안 왔으면 좋겠다 .
ne*.i.ri/an/wa.sseu.myo*n/jo.ket.da
希望明天不會到來。

돈을 안 가져 왔어요 .
do.neul/an/ga.jo*/wa.sso*.yo
我沒帶錢來。

어서 오십시오 .
o*.so*/o.sip.ssi.o
歡迎光臨。

놀러 오세요 .
nol.lo*/o.se.yo
過來玩吧！

저는 놀러 여기에 왔습니다 .
jo*.neun/nol.lo*/yo*.gi.e/wat.sseum.ni.da
我來這裡玩的。

얼른 들어 오세요 .
o*l.leun/deu.ro*/o.se.yo
快快請進！

제 친구가 좀 이따가 올 거예요 .
je/chin.gu.ga/jom/i.da.ga/ol/go*.ye.yo
我朋友等一下會過來。

相關慣用語

- - - 잠이 오다 想睡覺、睏了

저도 잠이 안 오네요.
jo*.do/ja.mi/an/o.ne.yo
我也睡不著覺呢！

잠이 잘 오는 음식은 뭐가 있어요?
ja.mi/jal/o.neun/eum.si.geun/mwo.ga/i.sso*.yo
有什麼可以幫助睡眠的食物嗎？

잠이 안 올 때 어떻게 하세요?
ja.mi/an/ol/de*/o*.do*.ke/ha.se.yo
睡不著的時候，你會怎麼做呢？

－ － － 눈이 오다 下雪

설악산에 눈이 왔어요.
so*.rak.ssa.ne/nu.ni/wa.sso*.yo
雪嶽山下雪了。

크리스마스에 눈이 왔으면 좋겠어요.
keu.ri.seu.ma.seu.e/nu.ni/wa.sseu.myo*n/
jo.ke.sso*.yo
希望聖誕節會下雪。

－ － － 비가 오다 下雨

비가 많이 오고 있어요.
bi.ga/ma.ni/o.go/i.sso*.yo
正在下大雨。

비가 올 것 같아요.
bi.ga/ol/go*t/ga.ta.yo
好像要下雨了。

오후에 비가 올 거예요.
o.hu.e/bi.ga/ol/go*.ye.yo
下午會下雨。

－ － － 봄이 오다 春天來臨

봄이 오면 꽃이 펴요.
bo.mi/o.myo*n/go.chi/pyo*.yo
春來花開。

─ ─ ─ **전화가 오다** 電話響了

누구한테서 전화가 왔어요?
nu.gu.han.te.so*/jo*n.hwa.ga/wa.sso*.yo
誰打電話來了？

아빠한테서 전화가 왔어요.
a.ba.han.te.so*/jo*n.hwa.ga/wa.sso*.yo
爸爸打電話來了。

어디에서 전화 왔어요?
o*.di.e.so*/jo*n.hwa/wa.sso*.yo
哪裡打電話來了？

경찰서에서 전화 왔어요.
gyo*ng.chal.sso*.e.so*/jo*n.hwa/wa.sso*.yo
警察局打電話來了。

─ ─ ─ **기회가 오다** 機會來了

좋은 기회가 오기를 기다려요.
jo.eun/gi.hwe.ga/o.gi.reul/gi.da.ryo*.yo
等待好機會來臨。

句型1

地點 N 에 오다 來某地

會話

A : 내일 우리 집에 와요.
　　ne*.il/u.ri/ji.be/wa.yo
　　明天來我們家吧。

B : 몇 시에 가요?
　　myo*t/si.e/ga.yo
　　幾點去呢？

方向性 27
動作篇

A : 아침 여덟 시에 와요.
a.chim/yo*.do*l/si.e/wa.yo
早上八點來。
오후 네 시에 와.
o.hu/ne/si.e/wa
下午四點來。
편한 시간에 오세요.
pyo*n.han/si.ga.ne/o.se.yo
你方便的時間來。

句型2

地點 N 에서 오다 從某地來

會話

A : 어디에서 왔어요?
o*.di.e.so*/wa.sso*.yo
你從哪裡來的？

B : 타이페이에서 왔어요.
ta.i.pe.i.e.so*/wa.sso*.yo
我從台北來的。
뉴욕에서 왔습니다.
nyu.yo.ge.so*/wat.sseum.ni.da
我從紐約來的。

나가다
na.ga.da
出去

例句

조용히 나가세요.
jo.yong.hi/na.ga.se.yo
請您安靜出去。

아빠가 일하러 나가셨어요.
a.ba.ga/il.ha.ro*/na.ga.syo*.sso*.yo
爸爸出去工作了。

다들 나가셨나요?
da.deul/na.ga.syo*n.na.yo
大家都出去了嗎？

그 교회에 계속 나갈 거예요?
geu/gyo.hwe.e/gye.sok/na.gal/go*.ye.yo
你要繼續去那間教會嗎？

우리 나가자!
u.ri/na.ga.j
我們出去吧！

산책 나갑니다.
san.che*k/na.gam.ni.da
出去散步。

밖으로 나가요 .
ba.geu.ro/na.ga.yo
請你出去外面。

추워서 밖으로 못 나가겠어요 .
chu.wo.so*/ba.geu.ro/mot/na.ga.ge.sso*.yo
天氣冷，沒辦法出去。

얼른 나가서 놀고 싶어요 .
o*l.leun/na.ga.so*/nol.go/si.po*.yo
我想快點出去玩。

어서 나가십시오 .
o*.so*/na.ga.sip.ssi.o
請您趕快出去。

나가 ! 이 집에서 썩 나가 !
na.ga//i/ji.be.so*/sso*k/na.ga
出去！立刻給我從這個家出去！

相關慣用語

- - - **전기가 나가다** 停電、沒電

어제 전기가 나가서 아무것도 못했어요.
o*.je/jo*n.gi.ga/na.ga.so*/a.mu.go*t.do/mo.te*.
sso*.yo
因為昨天停電，什麼事都沒辦法做。

- - - **배터리가 나가다** 電力耗盡

내 휴대폰 배터리가 나갔어요.
ne*/hyu.de*.pon/be*.to*.ri.ga/na.ga.sso*.yo
我的手機沒電了。

－ － － **정신이 나가다** 精神失常

너 정신 나갔어? 너 미쳤어?
no*/jo*ng.sin/na.ga.sso*//no*/mi.cho*.sso*
你精神失常嗎？你瘋了嗎？

－ － － **혼이 나가다** 掉魂、靈魂出竅

정말 사람이 잠들면 혼이 나가요?
jo*ng.mal/ssa.ra.mi/jam.deul.myo*n/ho.ni/
na.ga.yo
真的人睡著後，靈魂會出走嗎？

－ － － **많이 (잘) 나가다** 好賣、火紅

요즘 어떤 스마트폰이 잘 나가나요?
yo.jeum/o*.do*n/seu.ma.teu.po.ni/jal.na.ga.
na.yo
最近什麼智慧型手機賣得很好？

이런 구두가 요즘에 많이 나갑니다.
i.ro*n/gu.du.ga/yo.jeu.me/ma.ni/na.gam.ni.da
這種皮鞋最近很好賣。

句型1

地點 N 에 나가다 到某地去

會話

A : 공부 좀 하고 싶어. 너희들 밖에 나가서 놀
아.
gong.bu/jom/ha.go/si.po*//no*.hi.deul/
ba.ge/na.ga.so*/no.ra
我想念書，你們出去玩。

B : 알았어. 나갈게.
a.ra.sso*//na.gal.ge
知道了，我們出去。
싫어. 안 나갈래.
si.ro*//an/na.gal.le*
不要，我不出去。

句型2

地點 N 에서 나가다 從某地出去

會話

A : 난 피곤해. 자고 싶어. 제발 내 방에서 나
가.
nan/pi.gon.he*//ja.go/si.po*//je.bal/ne*/
bang.e.so*/na.ga
我很累，想睡覺了，拜託你離開我房
間。

B : 조금더 놀다가 나갈게.
jo.geum.do*/nol.da.ga/na.gal.ge
我再玩一下再出去。
그래. 어서 자.
geu.re*//o*.so*/ja
好，你快點睡。

나오다
na.o.da
出來、出現

동영상이 소리만 나와요 .
dong.yo*ng.sang.i/so.ri.man/na.wa.yo
視頻只有聲音出來。

명동역 6 번 출구로 나와요 .
myo*ng.dong.yo*k/yuk.bo*n/chul.gu.ro/na.wa.
yo
請從明洞站6號出口出來。

앞으로 나오세요 .
a.peu.ro/na.o.se.yo
請過來前面。

불 끄고 나와 .
bul/geu.go/na.wa
把燈關掉出來吧。

학교 좀 나옵시다 .
hak.gyo/jom/na.op.ssi.da
我們去上學吧。

나쁜 성적이 나왔어요 .
na.beun/so*ng.jo*.gi/na.wa.sso*.yo
拿到不好的成績。

좋은 결과가 꼭 나올 거예요 .
jo.eun/gyo*l.gwa.ga/gok/na.ol/go*.ye.yo
一定會有不錯的結果。

설사가 계속 나옵니다 .
so*l.sa.ga/gye.sok/na.om.ni.da
一直腹瀉。

제발 나오시죠 .
je.bal/na.o.si.jyo
拜託您出來吧！

이리 나오십시오 .
i.ri/na.o.sip.ssi.o
請您過來這裡。

화면이 안 나와요 .
hwa.myo*.ni/an/na.wa.yo
畫面沒出現。

내일부터 나오지 마세요 .
ne*.il.bu.to*/na.o.ji/ma.se.yo
明天開始您不用來了。

왜 학교에 나오셨어요 ?
we*/hak.gyo.e/na.o.syo*.sso*.yo
您怎麼來學校了？

교회에 나오지 맙시다 .
gyo.hwe.e/na.o.ji/map.ssi.da
我們別來教會了吧！

相關慣用語

- - - 싹이 나오다 出芽

감자에 싹이 나왔어요.
gam.ja.e/ssa.gi/na.wa.sso*.yo
馬鈴薯上長出芽了。

- - - 피가 나오다 出血

어, 피가 나오네요.
o*//pi.ga/na.o.ne.yo
啊⋯流血了。

- - - 웃음이 나오다 笑出聲

아가만 보면 웃음이 저절로 나와요.
a.ga.man/bo.myo*n/u.seu.mi/jo*.jo*l.lo/na.wa.
yo
看到小孩，就會自然笑出來。

- - - 침이 나오다 流口水

맛있는 거 보면 침이 나와요.
ma.sin.neun/go*/bo.myo*n/chi.mi/na.wa.yo
看到好吃的，就會流口水。

- - - 콧물이 나오다 流鼻涕

콧물이 계속 나와요. 휴지 있어요?
kon.mu.ri/gye.sok/na.wa.yo//hyu.ji/i.sso*.yo
我一直流鼻水，你有衛生紙嗎？

- - - 집을 나오다 從家裡出來

엄마랑 싸워서 집을 나왔어요.
o*m.ma.rang/ssa.wo.so*/ji.beul/na.wa.sso*.yo
和媽媽吵架，所以從家裡出來了。

方向性
動作篇

35

– – – **구경을 나오다** 出來逛逛

모두 꽃 구경 나오세요.
mo.du/got/gu.gyo*ng/na.o.se.yo
大家都出來賞花吧。

– – – **학교를 나오다** 畢業

제가 여자고등학교를 나왔어요.
je.ga/yo*.ja.go.deung.hak.gyo.reul/na.wa.sso*.
yo
我是女校高中畢業的。

句型

地點N을 / 를 나오다 離開某處

會話

A : 회사를 나온 지 반년이 됐어요.
hwe.sa.reul/na.on/ji/ban.nyo*.ni/dwe*.
sso*.yo
我離開公司有半年了。

B : 다시 새로운 직장을 안 찾아요?
da.si/se*.ro.un/jik.jjang.eul/an/cha.ja.yo
不再找新工作嗎？

A : 찾아야죠.
cha.ja.ya.jyo
當然要找囉！
당분간 안 찾아요. 좀더 즐기려고.
dang.bun.gan/an/cha.ja.yo//jom.do*/jeul.
gi.ryo*.go
暫時不找，還想再玩一會。

時間
天氣篇

요일
yo.il
星期

오늘은 월요일이에요 .
o.neu.reun/wo.ryo.i.ri.e.yo
今天星期一。

오늘 무슨 요일이니 ?
o.neul/mu.seun/yo.i.ri.ni
今天星期幾？

내일은 금요일이야 .
ne*.i.reun/geu.myo.i.ri.ya
明天星期五。

내일은 화요일이에요 .
ne*.i.reun/hwa.yo.i.ri.e.yo
明天星期二。

어제는 수요일이었어요 .
o*.je.neun/su.yo.i.ri.o*.sso*.yo
昨天星期三。

벌써 토요일이네요 .
bo*l.sso*/to.yo.i.ri.ne.yo
已經星期六了呢！

이번 주 말고 다음 주예요 .
i.bo*n/ju/mal.go/da.eum/ju.ye.yo
不是這星期而是下星期。

우리 금요일 밤에 만나요 .
u.ri/geu.myo.il/ba.me/man.na.yo
我們星期五晚上見面吧。

오늘은 휴일이에요 .
o.neu.reun/hyu.i.ri.e.yo
今天是假日。

매주 일요일에 할머니 집에 가요 .
me*.ju/i.ryo.i.re/hal.mo*.ni/ji.be/ga.yo
每周日都會去奶奶家。

지난 주 목요일에 부산에 갔다왔어요 .
ji.nan/ju/mo.gyo.i.re/bu.sa.ne/gat.da.wa.sso*.
yo
我上周四去了趟釜山。

**이번 주에 친구하고 한옥마을에 갈 계획이
에요 .**
i.bo*n/ju.e/chin.gu.ha.go/ha.nong.ma.eu.re/gal/
gye.hwe.gi.e.yo
這週計劃跟朋友一起去韓屋村。

**다음 주 화요일에 한국 친구가 대만에 놀러
올 거예요 .**
da.eum/ju/hwa.yo.i.re/han.guk/chin.gu.ga/de*.
ma.ne/nol.lo*/ol/go*.ye.yo
下週二韓國朋友要來台灣玩。

수요일에 20% 할인합니다 .
su.yo.i.re/i.sip.peu.ro/ha.rin.ham.ni.da
星期三打八折。

목요일에는 회사에서 잔업했습니다 .
mo.gyo.i.re.neun/hwe.sa.e.so*/ja.no*.pe*t.
sseum.ni.da
星期四在公司加班了。

일요일이라서 놀이동산에 사람이 많겠죠 .
i.ryo.i.ri.ra.so*/no.ri.dong.sa.ne/sa.ra.mi/man.
ket.jjyo
因為是星期日，遊樂園的人當然多囉！

**이번 주 목요일이나 금요일에 고향에 갈 거
예요 .**
i.bo*n/ju/mo.gyo.i.ri.na/geu.myo.i.re/go.hyang.
e/gal/go*.ye.yo
這個星期四或星期五我要回故鄉。

다음 주에 배울 것이 뭐예요 ?
da.eum/ju.e/be*.ul/go*.si/mwo.ye.yo
下星期要學的東西是什麼？

이번 화요일은 투표일입니다 .
i.bo*n/hwa.yo.i.reun/tu.pyo.i.rim.ni.da
這週二是投票日。

會話一

A : 오늘은 무슨 요일이에요?
o.neu.reun/mu.seun/yo.i.ri.e.yo
今天星期幾？

B : 오늘은 수요일이에요.
　　o.neu.reun/su.yo.i.ri.e.yo
　　今天星期三。
　　오늘은 목요일이야.
　　o.neu.reun/mo.gyo.i.ri.ya
　　今天星期四。
　　오늘은 토요일입니다.
　　o.neu.reun/to.yo.i.rim.ni.da
　　今天星期六。

會話二

A : 기말시험은 언제부터예요?
　　gi.mal.ssi.ho*.meun/o*n.je.bu.to*.ye.yo
　　期末考從什麼時候開始？

B : 다음 주 목요일부터예요.
　　da.eum/ju/mo.gyo.il.bu.to*.ye.yo
　　從下周四開始。
　　이번 주 화요일부터예요.
　　i.bo*n/ju/hwa.yo.il.bu.to*.ye.yo
　　從這週二開始。

會話三

A : 언제까지입니까?
　　o*n.je.ga.ji.im.ni.ga
　　到什麼時候為止呢？

B : 다다음 주 목요일까지입니다.
　　da.da.eum/ju/mo.gyo.il.ga.ji.im.ni.da
　　到下下周四為止。

會話四

時間
天氣篇

41

A : 이번 주 일요일에 시간 있어요?
i.bo*n/ju/i.ryo.i.re/si.gan/i.sso*.yo
這週日你有時間嗎？

B : 미안해요. 나는 주말에 일이 있어요.
mi.an.he*.yo//na.neun/ju.ma.re/i.ri/i.sso*.
yo
對不起，我週末有事情。

會話五

A : 2월 9일이 무슨 요일입니까?
i.wol/gu.i.ri/mu.seun/yo.i.rim.ni.ga
2月9號是星期幾呢？

B : 일요일입니다.
i.ryo.i.rim.ni.da
星期日。

會話六

A : 아빠 생일은 무슨 요일인가요?
a.ba/se*ng.i.reun/mu.seun/yo.i.rin.ga.yo
爸爸生日是星期幾呢？

B : 아빠 생일은 화요일이야.
a.ba/se*ng.i.reun/hwa.yo.i.ri.ya
爸爸生日是星期二。

날짜
nal.jja
日期

例句

오늘은 몇 월 며칠입니까?
o.neu.reun/myo*t/wol/myo*.chi.rim.ni.ga
今天是幾月幾號？

일월 십일이에요.
i.rwol/si.bi.ri.e.yo
1月10號。

이월 사일이에요.
i.wol/sa.i.ri.e.yo
2月4號。

삼월 십팔일이에요.
sa.mwol/sip.pa.ri.ri.e.yo
3月18號。

사월 구일이에요.
sa.wol/gu.i.ri.e.yo
4月9號。

오월 이십칠일이에요.
o.wol/i.sip.chi.ri.ri.e.yo
5月27號。

유월 십삼일이에요 .
yu.wol/sip.ssa.mi.ri.e.yo
6月13號。

칠월 육일이에요 .
chi.rwol/yu.gi.ri.e.yo
7月6號。

팔월 삼일이에요 .
pa.rwol/sa.mi.ri.e.yo
8月3號。

구월 십사일이에요 .
gu.wol/sip.ssa.i.ri.e.yo
9月14號。

시월 이십일일이에요 .
si.wol/i.si.bi.ri.ri.e.yo
10月21號。

십일월 십육일이에요 .
si.bi.rwol/si.byu.gi.ri.e.yo
11月16號。

십이월 이십오일이에요 .
si.bi.wol/i.si.bo.i.ri.e.yo
12月25號。

매월 마지막 주 수요일은 공휴일입니다 .
me*.wol/ma.ji.mak/ju/su.yo.i.reun/gong.hyu.
i.rim.ni.da
每月最後一個星期三是公休日。

오늘은 2014 년 5 월 23 일 금요일입니다 .

o.neu.reun/i.cho*n.sip.ssa.nyo*n/o.wol/i.sip.
ssa.mil/geu.myo.i.rim.ni.da

今天是2014年5月23日星期五。

선거 투표일은 11 월 17 일입니다 .

so*n.go*/tu.pyo.i.reun/si.bi.rwol/sip.chi.ri.rim.
ni.da

選舉投票日是11月17號。

2004 년 1 월 1 일은 음력으로 몇 월 며칠입 니까 ?

i.cho*n.sa.nyo*n/i.rwol/i.ri.reun/eum.nyo*.geu.
ro/myo*t/wol/myo*.chi.rim.ni.ga

2004年1月1日是陰曆的幾月幾號？

會話一

A : 오늘이 며칠이에요?
　　o.neu.ri/myo*.chi.ri.e.yo
　　今天是幾月幾號？

B : 4월 12일이에요.
　　sa.wol/si.bi.i.ri.e.yo
　　4月12號。
　　6월 8일이야.
　　yu.wol/pa.ri.ri.ya
　　6月8號。

會話二

A : 세미 씨 생일이 언제예요?
　　se.mi/ssi/se*ng.i.ri/o*n.je.ye.yo
　　世美你的生日是什麼時候？

B : 내 생일은 8월 25일이에요.
ne*/se*ng.i.reun/pa.rwol/i.si.bo.i.ri.e.yo
我的生日是8月25號。
내 생일은 내일이야.
ne*/se*ng.i.reun/ne*.i.ri.ya
我的生日是明天。

會話三

A : 몇 년생이에요?
myo*t/nyo*n.se*ng.i.e.yo
你是幾年生的？

B : 1980년생이에요. (천구백팔십)
cho*n.gu.be*k.pal.ssim.nyo*n.se*ng.i.e.yo
我是1980年生的。
1994년생입니다. (천구백구십사)
cho*n.gu.be*k.gu.sip.ssa.nyo*n.se*ng.
im.ni.da
我是1994年生的。

會話四

A : 언제 태어났어요?
o*n.je/te*.o*.na.sso*.yo
你什麼時候出生的？

B : 저는 1981년 1월 28일에 태어났어요.
jo*.neun/cho*n.gu.be*k.pal.ssi.bil.lyo*n/
i.rwol/i.sip.pa.ri.re/te*.o*.na.sso*.yo
我是1981年1月28號出生的。

會話五

韓語會話
萬用小抄一本就GO

A : 언제 한국에 오셨어요?
o*n.je/han.gu.ge/o.syo*.sso*.yo
您是什麼時候來韓國的？

B : 작년 8월말에 왔어요.
jang.nyo*n/pa.rwol.ma.re/wa.sso*.yo
我是去年8月底來的。
올해 6월초에 왔습니다.
ol.he*/yu.wol.cho.e/wat.sseum.ni.da
我是今年6月初來的。

會話六

A : 여름방학은 언제부터 언제까지입니까?
yo*.reum.bang.ha.geun/o*n.je.bu.to*/o*n.
je.ga.ji.im.ni.ga
暑假是從什麼時候到什麼時候？

B : 7월1일부터 9월4일까지입니다.
chi.rwol/i.ril.bu.to*/gu.wol/sa.il.ga.ji.im.ni.
da
從7月1號到9月4號。

┌─────────────────────────────┐
❶ 語法説明

在講韓語的「幾月」時，
要使用「漢字音數字＋월」。
例如：일월（一月）、삼월（三月）
例外：유월（六月）、시월（十月）
在講韓語的「幾號」時，
要使用「漢字音數字＋일」。
例如：오일（5號）、삼십일일（31號）
└─────────────────────────────┘

漢字音數字

時間
天氣篇　　47

일	il	一
이	i	二
삼	sam	三
사	sa	四
오	o	五
육	yuk	六
칠	chil	七
팔	pal	八
구	gu	九
십	sip	十
십일	si.bil	十一
십이	si.bi	十二
이십	i.sip	二十
백	be*k	一百

시간
si.gan
時間

지금 몇 시예요 ?
ji.geum/myo*t/si.ye.yo
現在幾點呢？

한 시예요 .
han/si.ye.yo
一點。

두 시예요 .
du/si.ye.yo
兩點。

세 시예요 .
se/si.ye.yo
三點。

네 시예요 .
ne/si.ye.yo
四點。

다섯 시예요 .
da.so*t/si.ye.yo
五點。

여섯 시예요 .
yo*.so*t/si.ye.yo
六點。

일곱 시예요 .
il.gop/si.ye.yo
七點。

여덟 시예요 .
yo*.do*l/si.ye.yo
八點。

아홉 시예요 .
a.hop/si.ye.yo
九點。

열 시예요 .
yo*l/si.ye.yo
十點。

열한 시예요 .
yo*l.han/si.ye.yo
十一點。

열두 시예요 .
yo*l.du/si.ye.yo
十二點。

네 시 십일분이에요 .
ne/si/si.bil.bu.ni.e.yo
四點十一分。

열 시 사십오분입니다 .
yo*l/si/sa.si.bo.bu.nim.ni.da
十點四十五分。

오후 두 시반입니다 .
o.hu/du/si.ba.nim.ni.da
下午兩點半。

오전 아홉 시에 여기에 와요 .
o.jo*n/a hop/si.c/yo*.gi.e/wa.yo
請上午九點來這裡。

어제 언니하고 쇼핑 갔어요 .
o*.je/o*n.ni.ha.go/syo.ping/ga.sso*.yo
昨天我和姊姊去逛街了。

오늘 뭐해요 ?
o.neul/mwo.he*.yo
今天你要做什麼？

내일도 출장 갑니까 ?
ne*.il.do/chul.jang/gam.ni.ga
你明天也要出差嗎？

오늘 하루종일 집에 있었어요 .
o.neul/ha.ru.jong.il/ji.be/i.sso*.sso*.yo
今天一整天都待在家裡。

내일 모레 병원에 가요 .
ne*.il/mo.re/byo*ng.wo.ne/ga.yo
明後天會去醫院。

내일부터 글피까지 부모님께서 여행을 가세요 .
ne*.il.bu.to*/geul.pi.ga.ji/bu.mo.nim.ge.so*/yo*.he*ng.eul/ga.se.yo
從明天到大後天爸媽要去旅行。

그저께는 엄마 생신이었어요 .
geu.jo*.ge.neun/o*m.ma/se*ng.si.ni.o*.sso*.yo
前天是媽媽的生日。

며칠 전에 길에서 친구를 만났어요 .
myo*.chil/jo*.ne/gi.re.so*/chin.gu.reul/man.na.sso*.yo
幾天前我在路上遇到朋友了。

올해의 마지막 달이네요 .
ol.he*.ui/ma.ji.mak/da.ri.ne.yo
已經是今年最後一個月了呢！

내년에 서울로 이사 가고 싶어요 .
ne*.nyo*.ne/so*.ul.lo/i.sa/ga.go/si.po*.yo
明年我想搬到首爾。

저는 작년 5 월에 결혼했습니다 .
jo*.neun/jang.nyo*n/o.wo.re/gyo*l.hon.he*t.sseum.ni.da
我去年五月結婚了。

이번 주말에 쉴 거예요 ?
i.bo*n/ju.ma.re/swil/go*.ye.yo
這個週末你要休息嗎？

이번 달에 할 일이 많아요 .
i.bo*n/da.re/hal/i.ri/ma.na.yo
這個月要做的事很多。

다음 달에 고향에 돌아갈 겁니다 .
da.eum/da.re/go.hyang.e/do.ra.gal/go*m.ni.da
下個月我要回故鄉。

지난 달에 놀러 안 갔어요 ?
ji.nan/da.re/nol.lo*/an/ga.sso*.yo
上個月你沒出去玩嗎？

이년 후에 다른 회사로 옮길 예정입니다 .
i.nyo*n/hu.e/da.reun/hwe.sa.ro/om.gil/ye.jo*ng.
im.ni.da
兩年後我想換工作。

여기는 예전에 살던 집이에요 .
yo*.gi.neun/ye.jo*.ne/sal.do*n/ji.bi.e.yo
這裡是我以前住的家。

학교는 아침 9 시에 시작합니다 .
hak.gyo.neun/a.chim/a.hop.ssi.e/si.ja.kam.
ni.da
學校是早上9點開始。

점심 시간은 한 시간입니다 .
jo*m.sim/si.ga.neun/han/si.ga.nim.ni.da
午餐時間是一個小時。

내 시계는 5 분 늦어요 .
ne*/si.gye.neun/o.bun/neu.jo*.yo
我的錶慢五分。

오분만 기다릴 거니까 빨리 나와 .
o.bun.man/gi.da.ril/go*.ni.ga/bal.li/na.wa
只等你五分鐘，快點出來。

내일 오전 11 시 전에 꼭 와요 . 늦지 마세요 .
ne*.il/o.jo*n/yo*l.han.si/jo*.ne/gok/wa.yo//neut.
jji/ma.se.yo
明天上午11點前一定要來。不要遲到。

저는 보통 아침 아홉 시에 일어나요 .
jo*.neun/bo.tong/a.chim/a.hop/si.e/i.ro*.na.yo
我通常早上九點起床。

여러분 , 내일 아침 8 시에 여기로 모이세요 .
yo*.ro*.bun//ne*.il/a.chim/yo*.do*p.ssi.e/yo*.
gi.ro/mo.i.se.yo
各位，明天早上八點來這裡集合。

會話一

A : 몇 시에 친구와 약속이 있어요?
myo*t/si.e/chin.gu.wa/yak.sso.gi/i.sso*.yo
你幾點跟朋友有約呢？

B : 6시 20분에 친구와 약속이 있어요.
yo*.so*t/si/i.sip.bu.ne/chin.gu.wa/yak.sso.
gi/i.sso*.yo
我六點二十分跟朋友有約。
친구와 약속이 취소됐어요
chin.gu.wa/yak.sso.gi/chwi.so.dwe*.sso*.
yo
跟朋友的約取消了。

會話二

A : 몇 시에 퇴근하세요?
myo*t/si.e/twe.geun.ha.se.yo
您幾點下班呢？

B : 6시에 퇴근해요.
yo*.so*t/si.e/twe.geun.he*.yo
六點下班。
6시 30분에 퇴근합니다.
yo*.so*t/si/sam.sip.bu.ne/twe.geun.ham.
ni.da
六點三十分下班。

會話三

A : 오늘 몇 시에 만날까요?
o.neul/myo*t/si.e/man.nal.ga.yo
我們今天幾點見呢？

B : 오후 세 시에 만나요.
o.hu/se/si.e/man.na.yo
我們下午三點見吧。
저녁 다섯 시에 만납시다.
jo*.nyo*k/da.so*t/si.e/man.nap.ssi.da
傍晚五點見吧。
미안해요. 오늘 못 만날 것 같아요.
mi.an.he*.yo//o.neul/mot/man.nal/go*t/
ga.ta.yo
對不起，今天好像不能見面了。

會話四

A : 한국은 지금 몇 시야?
han.gu.geun/ji.geum/myo*t/si.ya
韓國現在幾點？

B : 여기는 밤 9시 25분이야.
yo*.gi.neun/bam/a.hop.ssi/i.si.bo.bu.ni.ya
這裡是晚上九點二十五分。

會話五

A : 몇 시에 저녁을 먹어요?
myo*t/si.e/jo*.nyo*/geul/mo*.go*.yo
你幾點吃晚餐呢？

B : 저녁 6시 쯤 먹어요.
jo*.nyo*k/yo*.so*t/si.jjeum/mo*.go*.yo
我傍晚六點左右吃晚餐。
퇴근 후에 먹어요.
twe.geun/hu.e/mo*.go*.yo
我下班後吃晚餐。

---

❶ 語法説明

在講韓語的「幾點」時，
要使用「韓語固有數字＋시」。
要特別注意的是하나、둘、셋、넷後面接시時，
會變成한、두、세、네的型態哦！
例如：**한 시**（1點）、**두 시**（2點）、
일곱 시（7點）、**열한 시**（11點）

韓語固有數字

하나　ha.na　一
둘　　dul　　二
셋　　set　　三
넷　　net　　四
다섯　da.so*t　五
여섯　yo*.so*t　六

일곱	il.gop	七
여덟	yo*.do*l	八
아홉	a.hop	九
열	yo*l	十

---

❷ 語法說明

在講韓語的「幾分」時，
要使用「漢字音數字＋분」。
漢字音數字請參考「.48。
例如：**십분**（10分）、**삼십분**（30分）、
오분（5分）、**오십이분**（52分）

跟著MP3念念看吧！

한시 오분	1點5分
두시 십분	2點10分
세시 이십분	3點20分
네시 삼십분	4點30分
다섯시 일분	5點1分
여섯시 칠분	6點7分
일곱시 십사분	7點14分
여덟시 사십이분	8點42分
아홉시 오십분	9點50分
열시 오십오분	10點55分
열한시 구분	11點9分
열두시 이십일분	12點21分

큰 명절
keun/myo*ng.jo*l
重大節日

한국의 명절에 대해서 알려 주세요 .
han.gu.gui/myo*ng.jo*.re/de*.he*.so*/al.lyo*/
ju.se.yo
請你告訴我有關韓國的節日。

**한국의 명절 중 가장 큰 명절은 " 설날 " 과 "
추석 " 입니다 .**
han.gu.gui/myo*ng.jo*l/jung/ga.jang/keun/
myo*ng.jo*.reun/so*l.lal.gwa/chu.so*.gim.ni.da
韓國的節日裡最重大的節日是「正月初
一」和「中秋」。

추석은 음력 8 월 15 일입니다 .
chu.so*.geun/eum.nyo*k/pa.rwol/si.bo.i.rim.
ni.da
中秋是陰曆的8月15號。

설날은 음력 1 월 1 일입니다 .
so*l.la.reun/eum.nyo*k/i.rwol/i.ri.rim.ni.da
春節是陰曆的1月1號。

설날에 먹는 특별한 음식이 있나요 ?
so*l.la.re/mo*ng.neun/teuk.byo*l.han/eum.si.gi/
in.na.yo
有在春節吃的特殊飲食嗎？

집집마다 떡국을 먹어요 .
jip.jjim.ma.da/do*k.gu.geul/mo*.go*.yo
每戶都會吃年糕湯。

한국에서는 설에 뭘 주로 먹어요 ?
han.gu.ge.so*.neun/so*.re/mwol/ju.ro/mo*.go*.
yo
韓國的春節一般會吃什麼？

설에는 떡국을 주로 먹어요 .
so*.re.neun/do*k.gu.geul/jju.ro/mo*.go*.yo
春節一般會吃年糕湯。

설날에 떡국을 먹는 이유는 무엇인가요 ?
so*l.la.re/do*k.gu.geul/mo*ng.neun/i.yu.neun/
mu.o*.sin.ga.yo
春節吃年糕湯的理由是什麼？

떡국을 먹어야 나이 한 살을 더 먹는다고 해요 .
do*k.gu.geul/mo*.go*.ya/na.i/han/sa.reul/do*/
mo*ng.neun.da.go/he*.yo
大家都說吃了年糕湯才會多一歲。

친척들이 함께 모여서 음식을 만들면 재미있잖아요 .
chin.cho*k.deu.ri/ham.ge/mo.yo*.so*/eum.
si.geul/man.deul.myo*n/je*.mi.it.jja.na.yo
親戚們聚在一起做菜很有趣嘛！

친척들끼리 모이면 무슨 놀이를 해요 ?
chin.cho*k.deul.gi.ri/mo.i.myo*n/mu.seun/no.ri.
reul/he*.yo
親戚們聚在一起時，會玩什麼遊戲呢？

보통 윷놀이를 해요 .
bo.tong/yun.no.ri.reul/he*.yo
一般會玩翻板子遊戲。

그거 재미있는 풍습이네요 .
geu.go*/je*.mi.in.neun/pung.seu.bi.ne.yo
那是很有意思的習俗。

추석에는 무엇을 하죠 ?
chu.so*.ge.neun/mu.o*.seul/ha.jyo
中秋會做什麼事呢?

조상들께 제사를 지내고 , 어른들께 세배를
드려요 .
jo.sang.deul.ge/je.sa.reul/jji.ne*.go//o*.reun.
deul.ge/se.be*.reul/deu.ryo*.yo
會祭拜祖先,並向長輩拜年。

송편은 뭐예요 ?
song.pyo*.neun/mwo.ye.yo
松餅是什麼?

추석에 빚어 먹는 반달 모양의 떡이에요 .
chu.so*.ge/bi.jo*/mo*ng.neun/ban.dal/
mo.yang.ui/do*.gi.e.yo
是中秋時吃的半月模樣的糕點。

오늘이 무슨 특별한 날입니까 ?
o.neu.ri/mu.seun/teuk.byo*l.han/na.rim.ni.ga
今天是什麼特別的日子嗎?

새해 복 많이 받으세요 .
se*.he*/bok/ma.ni/ba.deu.se.yo
新年快樂!

메리 크리스마스!
me.ri/keu.ri.seu.ma.seu
聖誕節快樂！

會話一

A : 한국 사람들은 설날에 무엇을 해요?
han.guk/sa.ram.deu.reun/so*l.la.re/mu.o*.
seul/he*.yo
韓國人春節時會做什麼呢？

B : 아침에 어른들께 세배를 드려요.
a.chi.me/o*.reun.deul.ge/se.be*.reul/deu.
ryo*.yo
早上會跟長輩們拜年。
어른들은 아이들에게 세뱃돈을 줍니다.
o*.reun.deu.reun/a.i.deu.re.ge/se.be*t.
do.neul/jjum.ni.da
長輩們會給孩子們壓歲錢。

會話二

A : 추석에 어떤 음식을 먹어요?
chu.so*.ge/o*.do*n/eum.si.geul/mo*.go*.
yo
中秋會吃什麼樣的食物呢？

B : 송편을 먹어요.
song.pyo*.neul/mo*.go*.yo
會吃松糕。

會話三

A : 준영 씨는 설을 잘 보냈어요?
ju.nyo*ng/ssi.neun/so*.reul/jjal/bo.ne*.
sso*.yo
俊英你春節過得愉快嗎？

B : 네, 영미 씨도 고향에 다녀왔어요?
ne//yo*ng.mi/ssi.do/go.hyang.e/da.nyo*.
wa.sso*.yo
還不錯，英美你也回故鄉了嗎？

節日

신정	**sin.jo*ng** 新年（陽曆1月1日）
대보름	**de*.bo.reum** 元宵節（陰曆1月15日）
단오절	**da.no.jo*l** 端午節（農曆5月5日）
제헌절	**je.ho*n.jo*l** 制憲節（7月17日）
광복절	**gwang.bok.jjo*l** 光復節（8月15日）
한글날	**han.geul.lal** 韓文節（10月9日）
어린이날	**o*.ri.ni.nal** 兒童節（5月5日）
발렌타인 데이	**bal.len.ta.in/de.i** 情人節（2月14日）

계절
gye.jo*l
季節

한국에는 봄 , 여름 , 가을 , 겨울 사계절이 있어요 .
han.gu.ge.neun/bom//yo*.reum//ga.eul//gyo*.ul/sa.gye.jo*.ri/i.sso*.yo
韓國有春天、夏天、秋天、冬天四個季節。

한국은 사계절이 뚜렷해요 .
han.gu.geun/sa.gye.jo*.ri/du.ryo*.te*.yo
韓國四季分明。

봄은 따뜻하고 가을은 서늘해요 .
bo.meun/da.deu.ta.go/ga.eu.reun/so*.neul.he*.yo
春天溫暖，秋天涼爽。

여름은 덥고 겨울은 추워요 .
yo*.reu.meun/do*p.go/gyo*.u.reun/chu.wo.yo
夏天熱，冬天冷。

봄에는 꽃이 펴요 .
bo.me.neun/go.chi/pyo*.yo
春天開花。

여름에는 비가 많이 내려요 .
yo*.reu.me.neun/bi.ga/ma.ni/ne*.ryo*.yo
夏天常下雨。

가을에는 단풍이 들어요 .
ga.eu.re.neun/dan.pung.i/deu.ro*.yo
秋天楓紅。

겨울에는 눈이 내려요 .
gyo*.u.re.neun/nu.ni/ne*.ryo*.yo
冬天下雪。

단풍 놀이 언제 같이 갈 건가요 ?
dan.pung/no.ri/o*n.je/ga.chi/gal/go*n.ga.yo
什麼時候要一起去賞楓葉？

나는 오늘 단풍놀이 다녀왔어요 .
na.neun/o.neul/dan.pung.no.ri/da.nyo*.
wa.sso*.yo
我今天去賞楓葉了。

봄에 사람들이 소풍을 갑니다 .
bo.me/sa.ram.deu.ri/so.pung.eul/gam.ni.da
春天人們會去郊遊。

올 겨울에는 눈이 많이 내리면 좋겠어요 .
ol/gyo*.u.re.neun/nu.ni/ma.ni/ne*.ri.myo*n/
jo.ke.sso*.yo
希望今年冬天會下很多雪。

會話一

A : 어느 계절을 좋아해요?
o*.neu/gye.jo*.reul/jjo.a.he*.yo
你喜歡什麼季節？

B : 저는 봄을 좋아해요.
jo*.neun/bo.meul/jjo.a.he*.yo
我喜歡春天。
나는 가을을 좋아해.
na.neun/ga.eu.reul/jjo.a.he*
我喜歡秋天。

會話二

A : 어느 계절을 가장 싫어해?
o*.neu/gye.jo*.reul/ga.jang/si.ro*.he*
你最討厭哪個季節？

B : 난 여름이 가장 싫어.
nan/yo*.reu.mi/ga.jang/si.ro*
我最討厭夏天。
저는 겨울이 싫습니다.
jo*.neun/gyo*.u.ri/sil.sseum.ni.da
我討厭冬天。

會話三

A : 왜 여름을 좋아하죠?
we*/yo*.reu.meul/jjo.a.ha.jyo
你為什麼喜歡夏天呢？

B : 바다에서 수영을 할 수 있어서요.
ba.da.e.so*/su.yo*ng.eul/hal/ssu/i.sso*.so*.yo
因為可以去海邊游泳。

時間
天氣篇

65

긴 여름 방학이 있어서요.
gin/yo*.reum/bang.ha.gi/i.sso*.so*.yo
因為有漫長的暑假。

會話四

A : 어떤 산이 단풍으로 유명한가요?
o*.do*n/sa.ni/dan.pung.eu.ro/yu.myo*ng.
han.ga.yo
什麼山以楓葉出名？

B : 내장산이 단풍으로 유명해요.
ne*.jang.sa.ni/dan.pung.eu.ro/yu.myo*ng.
he*.yo
內臟山以楓葉出名。

會話五

A : 한국은 여름이 어느 달이죠?
han.gu.geun/yo*.reu.mi/o*.neu/da.ri.jyo
韓國的夏天在哪個月份？

B : 6월, 7월, 8월이에요.
yu.wol//chi.rwol//pa.rwo.ri.e.yo
在六月、七月、八月。

會話六

A : 오늘은 정말 춥죠?
o.neu.reun/jo*ng.mal/chup.jjyo
今天真的很冷，對吧？

B：네, 그래서 아침에 옷을 많이 입고 나왔어
　　요.
　　ne//geu.re*.so*/a.chi.me/o.seul/ma.ni/
　　ip.go/na.wa.sso*.yo
　　對啊！早上我穿很多出門。

季節

꽃	got	花
벚꽃	bo*t.got	櫻花
따뜻하다	da.deu.ta.da	溫暖
아름답다	a.reum.dap.da	美麗
감기	gam.gi	感冒
태풍	te*.pung	颱風
방학	bang.hak	放假
시원하다	si.won.ha.da	涼爽
단풍	dan.pung	楓葉
밤낮	bam.nat	日夜
일교차	il.gyo.cha	日溫差
바람	ba.ram	風
영하	yo*ng.ha	零下
기온	gi.on	氣溫

좋은 날씨
jo.eun/nal.ssi
好天氣

오늘은 날씨가 좋군요 .
o.neu.reun/nal.ssi.ga/jo.ku.nyo
今天天氣很好呢！

날씨 진짜 좋다 !
nal.ssi/jin.jja/jo.ta
天氣真好！

한국의 날씨는 어때요 ?
han.gu.gui/nal.ssi.neun/o*.de*.yo
韓國的天氣怎麼樣？

여기 날씨는 좋고 따뜻해요 .
yo*.gi/nal.ssi.neun/jo.ko/da.deu.te*.yo
這裡的天氣又好又溫暖。

내일 날씨는 어떨까요 ?
ne*.il/nal.ssi.neun/o*.do*l.ga.yo
明天的天氣如何呢？

내일은 더울 것 같은데요 .
ne*.i.reun/do*.ul/go*t/ga.teun.de.yo
明天好像會很熱。

어제 날씨는 어땠어요 ?
o*.je/nal.ssi.neun/o*.de*.sso*.yo
昨天的天氣如何 ?

어제 날씨는 매우 더웠어요 .
o*.je/nal.ssi.neun/me*.u/do*.wo.sso*.yo
昨天的天氣很熱。

오늘은 맑아요 .
o.neu.reun/mal.ga.yo
今天很晴朗。

비가 그쳤어요 .
bi.ga/geu.cho*.sso*.yo
雨停了。

햇살이 빛나요 .
he*t.ssa.ri/bin.na.yo
陽光奪目。

해가 나왔어요 .
he*.ga/na.wa.sso*.yo
太陽出來了。

會話一

A : 요즘 대만 날씨 좀 어때?
   yo.jeum/de*.man/nal.ssi/jom/o*.de*
   最近台灣的天氣如何 ?

B : 많이 따뜻해졌어요.
   ma.ni/da.deu.te*.jo*.sso*.yo
   變温暖許多了。

많이 추워졌어요.
ma.ni/chu.wo.jo*.sso*.yo
變冷很多了。

會話二

A : 오늘 날씨 참 좋지?
o.neul/nal.ssi/cham/jo.chi
今天天氣很好對吧？

B : 응, 맑고 따뜻하고. 소풍 하기에 너무 좋은
날씨다.
eung//mal.go/da.deu.ta.go//so.pung/ha.gi.
e/no*.mu/jo.eun/nal.ssi.da
恩，既晴朗又溫暖。是郊遊的好天
氣。

안 좋은 날씨
an/jo.eun/nal.ssi
壞天氣

비가 내리는군요 .
bi.ga/ne*.ri.neun.gu.nyo
下雨了呢！

또 비가 오네요 .
do/bi.ga/o.ne.yo
又下雨了呢！

비가 오기 시작해요 .
bi.ga/o.gi/si.ja.ke*.yo
開始下雨了。

오늘은 비가 안 왔으면 좋겠어요 .
o.neu.reun/bi.ga/an/wa.sseu.myo*n/jo.ke.sso*.
yo
希望今天不會下雨。

오늘은 하루종일 비가 내리는군요 .
o.neu.reun/ha.ru.jong.il/bi.ga/ne*.ri.neun.
gu.nyo
今天一整天都在下雨呢！

오늘 날씨는 별로 좋지 않군요 .
o.neul/nal.ssi.neun/byo*l.lo/jo.chi/an.ku.nyo
今天天氣不怎麼好呢！

눈이 올 것 같아요 .
nu.ni/ol/go*t/ga.ta.yo
好像會下雪。

바람이 세군요 .
ba.ra.mi/se.gu.nyo
風很強。

아침내내 흐렸어요 .
a.chim.ne*.ne*/heu.ryo*.sso*.yo
早上一直是陰天。

하늘을 봐서는 금방 비가 올 것이다 .
ha.neu.reul/bwa.so*.neun/geum.bang/bi.ga/ol/
go*.si.da
看天空好像馬上要下雨了。

내일은 비가 올 것입니다 .
ne*.i.reun/bi.ga/ol/go*.sim.ni.da
明天會下雨。

날씨가 그렇게 좋지 않네요 .
nal.ssi.ga/geu.ro*.ke/jo.chi/an.ne.yo
天氣不怎麼好耶！

안개가 끼었습니다 .
an.ge*.ga/gi.o*t.sseum.ni.da
有霧籠罩。

우산을 같이 쓸까요 ?
u.sa.neul/ga.chi/sseul.ga.yo
要不要一起撐傘呢？

날씨가 매우 안 좋지요 ?

nal.ssi.ga/me*.u/an/jo.chi.yo

天氣很不好，對吧 ?

會話一

A : 하늘이 흐려. 비가 올 것 같아.
ha.neu.ri/heu.ryo*//bi.ga/ol/go*t/ga.ta
天空陰陰的，好像要下雨了。

B : 우산 갖고 가자.
u.san/gat.go/ga.ja
我們帶把雨傘出去吧。

그럼 우리 나가지 마요.
geu.ro*m/u.ri/na.ga.ji/ma.yo
那我們不要出門吧。

會話二

A : 오늘은 겨울 같아. 너무 추워.
o.neu.reun/gyo*.ul/ga.ta//no*.mu/chu.wo
今天很像冬天，很冷。

B : 아, 너무 추워서 나가기 싫다.
a//no*.mu/chu.wo.so*/na.ga.gi/sil.ta
阿，太冷了，不想出門。

날씨에 대해서 말할 때

nal.ssi.e/de*.he*.so*/mal.hal/de*

談論天氣

오늘 무지 더웠지요 .
o.neul/mu.ji/do*.wot.jji.yo
今天好熱喔！

대단히 따뜻하군요 .
de*.dan.hi/da.deu.ta.gu.nyo
很溫暖呢！

아주 춥군요 .
a.ju/chup.gu.nyo
好冷喔！

바람이 강해요 .
ba.ra.mi/gang.he*.yo
風很強。

장마는 비가 많이 와요 .
jang.ma.neun/bi.ga/ma.ni/wa.yo
梅雨季很會下雨。

하늘이 맑고 파랑군요 .
ha.neu.ri/mal.go/pa.ra.ku.nyo
天空晴朗又蔚藍呢！

비가 오고 있어요 .
bi.ga/o.go/i.sso*.yo
正在下雨。

굉장히 축축하네요 .
gweng.jang.hi/chuk.chu.ka.ne.yo
相當潮濕呢！

건조해요 .
go*n.jo.he*.yo
很乾燥。

포근해요 .
po.geun.he*.yo
很暖和。

구름 한 점 없어요 .
gu.reum/han/jo*m/o*p.sso*.yo
一朵雲也沒有。

기온이 영하예요 .
gi.o.ni/yo*ng.ha.ye.yo
氣溫是零下。

비 올 확률이 60% 입니다 .
bi/ol/hwang.nyu.ri/yuk.ssip.po*.sen.teu.im.ni.
da
下雨機率是60%。

습도가 높아요 .
seup.do.ga/no.pa.yo
溼度很高。

쌀쌀해요 .
ssal.ssal.he*.yo
涼颼颼的。

점점 포근해 지네요 .
jo*m.jo*m/po.geun.he*/ji.ne.yo
漸漸變暖和了。

태풍이 올 겁니다 .
te*.pung.i/ol/go*m.ni.da
颱風要來了。

오늘은 일기예보가 잘 맞았네요 .
o.neu.reun il.gi.ye.bo.ga jal ma.jan.ne.yo
今天的氣象很準耶！

오늘 일기예보는 어떻습니까 ?
o.neul il.gi.ye.bo.neun o*.do*.sseum.ni.ga
今天的天氣預報怎麼説？

오늘은 바람이 붑니다 .
o.neu.reun ba.ra.mi bum.ni.da
今天有風。

여기 날씨는 한국 날씨와 아주 비슷해요 .
yo*.gi/nal.ssi.neun/han.guk/nal.ssi.wa/a.ju/
bi.seu.te*.yo
這裡的天氣和韓國的天氣很類似。

나는 추운 겨울이 싫어요 .
na.neun/chu.un/gyo*.u.ri/si.ro*.yo
我討厭寒冷的冬天。

내일은 비가 올 거예요 . 뉴스를 봤어요 .
ne*.i.reun/bi.ga/ol/go*.ye.yo//nyu.seu.reul/bwa.
sso*.yo
明天會下雨，我看新聞了。

점점 따뜻해질 거예요 .
jo*m.jo*m/da.deu.te*/jil/go*.ye.yo
會漸漸變温暖。

**날씨가 매우 나쁘기 때문에 경기가 연기되
었습니다 .**
nal.ssi.ga/me*.u/na.beu.gi/de*.mu.ne/gyo*ng.
gi.ga/yo*n.gi.dwe.o*t.sseum.ni.da
因為天氣很差，所以比賽延期了。

날씨가 따뜻할 때 소풍을 갈 거예요 .
nal.ssi.ga/da.deu.tal/de*/so.pung.eul/gal/go*.
ye.yo
天氣温暖的時候，我要去郊遊。

태국 날씨가 아주 덥습니다 .
te*.guk/nal.ssi.ga/a.ju/do*p.sseum.ni.da
泰國天氣很熱。

會話一

A : 지금 기온이 몇 도예요?
ji.geum/gi.o.ni/myo*t/do.ye.yo
現在氣温幾度？

B：섭씨 23도예요.
so*p.ssi/i.sip.ssam.do.ye.yo
攝氏23度。
영하 9도입니다.
yo*ng.ha/gu.do.im.ni.da
零下9度。

會話二

A：밖에 날씨가 어때?
ba.ge/nal.ssi.ga/o*.de*
外面天氣如何？

B：가랑비가 조금 내려.
ga.rang.bi.ga/jo.geum/ne*.ryo*
下一點點毛毛雨。
아직 비가 와요.
a.jik/bi.ga/wa.yo
還在下雨。
아주 추워.
ma.ju/chu.wo
很冷。

物質
與
動植物篇

색
se*k
顏色

이것과 같은 색이 있어요 ?
i.go*t.gwa/ga.teun/se*.gi/i.sso*.yo
有和這個一樣的顏色嗎 ?

파란색은 있어요 ?
pa.ran.se*.geun/i.sso*.yo
有藍色嗎 ?

이 색깔이 나한테 잘 어울려요 ?
i/se*k.ga.ri/na.han.te/jal/o*.ul.lyo*.yo
這個顏色適合我嗎 ?

더 얕은 색이 없어요 ?
do*/ya.teun/se*.gi/o*p.sso*.yo
沒有更淺的顏色嗎 ?

수수한 색이 좋아요 .
su.su.han/se*.gi/jo.a.yo
我喜歡素色。

이 바지는 녹색과 까만색밖에 없어요 .
i/ba.ji.neun/nok.sse*k.gwa/ga.man.se*k.ba.ge/
o*p.sso*.yo
這件褲子只有綠色和黑色。

같은 것으로 다른 색상 없어요?
ga.teun/go*.seu.ro/da.reun/se*k.ssang/o*p.
sso*.yo
同樣的有其他顏色嗎?

화려한 색이 싫어요.
hwa.ryo*.han/se*.gi/si.ro*.yo
我討厭華麗的顏色。

언니, 이런 색은 어때요?
o*n.ni//i.ro*n/se*.geun/o*.de*.yo
姊姊,這種顏色怎麼樣?

이런 색감이 좋아요.
i.ro*n/se*k.ga.mi/jo.a.yo
這種色感不錯。

역시 밝은 색이 제일 이쁘네요.
yo*k.ssi/bal.geun/se*.gi/je.il/i.beu.ne.yo
果然亮色最好看。

어두운 색보다 밝은 색이 더 좋아요.
o*.du.un/se*k.bo.da/bal.geun/se*.gi/do*/jo.a.yo
比起暗色,亮色更棒!

크레용으로 그림을 그려 봐요.
keu.re.yong.eu.ro/geu.ri.meul/geu.ryo*/bwa.yo
用蠟筆畫圖吧。

會話一

A : 이것은 무슨 색이에요?
　　i.go*.seun/mu.seun/se*.gi.e.yo
　　這是什麼顏色?

物質 與
動植物篇

81

B : 빨간색이에요.
bal.gan.se*.gi.e.yo
是紅色。
흰색이에요.
hin.se*.gi.e.yo
是白色。

會話二

A : 무슨 색을 좋아하세요?
mu.seun/se*.geul/jjo.a.ha.se.yo
您喜歡什麼顏色？

B : 저는 노란색을 좋아해요.
jo*.neun/no.ran.se*.geul/jjo.a.he*.yo
我喜歡黃色。

會話三

A : 이거보다 더 진한 색 있어요?
i.go*.bo.da/do*/jin.han/se*k/i.sso*.yo
有比這個更深的顏色嗎？

B : 네, 회색하고 검은색이 있어요.
ne//hwe.se*.ka.go/go*.meun.se*.gi/i.sso*.
yo
有，有灰色和黑色。
아니요, 분홍색만 있어요.
a.ni.yo//bun.hong.se*ng.man/i.sso*.yo
不，只有粉紅色。

會話四

A : 이것으로 갈색이 있어요?
i.go*.seu.ro/gal.sse*.gi/i.sso*.yo
這個有褐色嗎？

B : 네, 있습니다.
ne//it.sseum.ni.da
是的，有。
아니요, 없습니다.
a.ni.yo//o*p.sseum.ni.da
不，沒有。

其他顏色

검정색	go*m.jo*ng.se*k	黑色
하얀색	ha.yan.se*k	白色
초록색	cho.rok.sse*k	青綠色
밤색	bam.se*k	栗色
핑크색	ping.keu.se*k	粉色
홍색	hong.se*k	紅色
금색	geum.se*k	金色
은색	eun.se*k	銀色
보라색	bo.ra.se*k	青紫色
자주색	ja.ju.se*k	紫色
자홍색	ja.hong.se*k	紫紅色
상아색	sang.a.se*k	象牙色
터키색	to*.ki.se*k	土耳其色
투명하다	tu.myo*ng.ha.da	透明

우주
u.ju
宇宙

전 우주에 대해 관심이 많아요 .
jo*n/u.ju.e/de*.he*/gwan.si.mi/ma.na.yo
我對宇宙很感興趣。

나는 우주를 연구하는 일을 하고 싶다 .
na.neun/u.ju.reul/yo*n.gu.ha.neun/i.reul/ha.go/
sip.da
我想做有關研究宇宙的工作。

블랙홀에 빠지면 어떻게 되나요 ?
beul.le*.ko.re/ba.ji.myo*n/o*.do*.ke/dwe.na.yo
掉入黑洞的話會怎麼樣呢？

혜성이 지금 태양을 향해 다가오고 있습니다 .
hye.so*ng.i/ji.geum/te*.yang.eul/hyang.he*/
da.ga.o.go/it.sseum.ni.da
彗星正朝著太陽接近中。

유성 보러 갑시다 .
yu.so*ng/bo.ro*/gap.ssi.da
我們去看流星吧！

일식은 달이 태양을 가리는 천문 현상을 말한다.
il.si.geun/da.ri/te*.yang.eul/ga.ri.neun/cho*n.
mun/hyo*n.sang.eul/mal.han.da
日蝕是指月球遮住太陽的天文現象。

월식은 달이 지구의 그림자에 들어오는 현상이다.
wol.si.geun/da.ri/ji.gu.ui/geu.rim.ja.e/deu.ro*.
o.neun/hyo*n.sang.i.da
月蝕是月球進入地球陰影時的現象。

우주 공간엔 수많은 천체들이 있다.
u.ju/gong.ga.nen/su.ma.neun/cho*n.che.deu.ri/
it.da
宇宙空間裡有無數的天體。

우주왕복선은 스페이스 셔틀이라고도 한다.
u.ju.wang.bok.sso*.neun/seu.pe.i.seu/syo*.teu.
ri.ra.go.do/han.da
宇宙往返船又稱為太空梭(Space Shudle)。

이 책을 보면 태양계의 실제 움직임을 알 수 있어요.
i/che*.geul/bo.myo*n/te*.yang.gye.ui/sil.je/
um.ji.gi.meul/al/ssu/i.sso*.yo
看這本書，可以了解太陽系的實際運行。

은하계의 괴물은 블랙홀입니다.
eun.ha.gye.ui/gwe.mu.reun/beul.le*.ko.rim.
ni.da
銀河系的怪物是黑洞(black hole)。

저는 천문학을 공부하고 싶어요 .
jo*.neun/cho*n.mun.ha.geul/gong.bu.ha.go/
si.po*.yo
我想念天文學。

사람이 만든 위성은 인공위성이라고 한다 .
sa.ra.mi/man.deun/wi.so*ng.eun/in.gong.
wi.so*ng.i.ra.go/han.da
人類製作的衛星稱為人造衛星。

행성은 스스로 빛나지 않는다 .
he*ng.so*ng.eun/seu.seu.ro/bin.na.ji/an.neun.
da
行星不會自行發光。

우주는 참 신기하다 .
u.ju.neun/cham/sin.gi.ha.da
宇宙真神奇。

나도 우주인이 되고 싶어요 .
na.do/u.ju.i.ni/dwe.go/si.po*.yo
我也想當太空人。

외계인은 정말 존재할까요 ?
we.gye.i.neun/jo*ng.mal/jjon.je*.hal.ga.yo
外星人真的存在嗎？

會話一

A : 어? 유성이다!
o*//yu.so*ng.i.da
啊，是流星！

B : 얼른 소원을 빌어 봐.
o*l.leun/so.wo.neul/bi.ro*/bwa
快許願！

A : 대학에서 뭘 전공했어요?
de*.ha.ge.so*/mwol/jo*n.gong.he*.sso*.yo
你在大學主修什麼？

B : 천문학을 전공했어요.
cho*n.mun.ha.geul/jjo*n.gong.he*.sso*.yo
我主修天文學。

수성	su.so*ng	水星
금성	geum.so*ng	金星
지구	ji.gu	地球
화성	hwa.so*ng	火星
목성	mok.sso*ng	木星
토성	to.so*ng	土星
천왕성	cho*.nwang.so*ng	天王星
해왕성	he*.wang.so*ng	海王星

별자리
byo*l.ja.ri
星座

무슨 별자리예요 ?
mu.seun/byo*l.ja.ri.ye.yo
你是什麼星座？

저는 게자리입니다 .
jo*.neun/ge.ja.ri.im.ni.da
我是巨蟹座。

별자리 성격을 안 믿어요 .
byo*l.ja.ri/so*ng.gyo*.geul/an/mi.do*.yo
我不相信星座的性格論。

여러분들의 오늘 운세는 어떤가요 ?
yo*.ro*.bun.deu.rui/o.neul/un.se.neun/o*.do*n.
ga.yo
大家今天的運勢如何呢？

오늘의 별자리 운세를 알려 줍니다 .
o.neu.rui/byo*l.ja.ri/un.se.reul/al.lyo*/jum.ni.da
我告訴你今天的星座運勢。

게자리에 속한 사람은 인내심이 강하다 .
ge.ja.ri.e/so.kan/sa.ra.meun/in.ne*.si.mi/gang.
ha.da
巨蟹座的人忍耐心很強。

양자리 여성은 도전하는 일을 좋아한다 .
yang.ja.ri/yo*.so*ng.eun/do.jo*n.ha.neun/i.reul/
jjo.a.han.da
牡羊座的女性喜歡挑戰事物。

물병자리 여성은 상처 받는 것을 두려워한다 .
mul.byo*ng.ja.ri/yo*.so*ng.eun/sang.cho*/ban.
neun/go*/seul/du.ryo*.wo.han.da
水瓶座的女性害怕受傷害。

처녀자리 사람은 청순하고 로맨틱한 타입이다 .
cho*.nyo*.ja.ri/sa.ra.meun/cho*ng.sun.ha.go/
ro.me*n.ti.kan/ta.i.bi.da
處女座的人是清純又浪漫的類型。

사수자리 사람은 생각보다 행동이 앞선 타입이에요 .
sa.su.ja.ri/sa.ra.meun/se*ng.gak.bo.da/he*ng.
dong.i/ap.sso*n/ta.i.bi.e.yo
射手座的人是行動比思考更快的類型。

저는 사자자리 O 형입니다 .
jo*.neun/sa.ja.ja.ri/O.hyo*ng.im.ni.da
我是獅子座O型。

별자리를 한국어로 뭐라고 하죠 ?
byo*l.ja.ri.reul/han.gu.go*.ro/mwo.ra.go/ha.jyo
星座用韓語怎麼說呢？

會話一

A : 네 별자리가 뭐니?
ni/byo*l.ja.ri.ga/mwo.ni
你是什麼星座？
별자리가 어떻게 되세요?
byo*l.ja.ri.ga/o*.do*.ke/dwe.se.yo
您的星座是什麼？

B : 나는 전갈자리야 .
na.neun/jo*n.gal.jja.ri.ya
我是天蠍座。
저는 쌍둥이자리입니다.
jo*.neun/ssang.dung.i.ja.ri.im.ni.da
我是雙子座。

會話二

A : 별자리 운세에서 뭐래?
byo*l.ja.ri/un.se.e.so*/mwo.re*
星座運勢怎麼説呢？

B : 오늘은 차 조심하래.
o.neu.reun/cha/jo.sim.ha.re*
説今天要小心車子。

12星座

양자리	yang.ja.ri	牡羊座
황소자리	hwang.so.ja.ri	金牛座
쌍둥이자리	ssang.dung.i.ja.ri	雙子座
게자리	ge.ja.ri	巨蟹座
사자자리	sa.ja.ja.ri	獅子座
처녀자리	cho*.nyo*.ja.ri	處女座
천칭자리	cho*n.ching.ja.ri	天秤座
전갈자리	jo*n.gal.jja.ri	天蠍座
사수자리	sa.su.ja.ri	射手座

염소자리	yo*m.so.ja.ri	魔羯座
물병자리	mul.byo*ng.ja.ri	水瓶座
물고기자리	mul.go.gi.ja.ri	雙魚座

星座性格

리더쉽	ri.do*.swip	領導能力
의지력	ui.ji.ryo*k	意志力
완벽주의	wan.byo*k.jju.ui	完美主義
낭만주의	nang.man.ju.ui	浪漫主義
동정심	dong.jo*ng.sim	同情心
용기	yong.gi	勇氣
열심	yo*l.sim	熱心
배려	be*.ryo*	關懷
자신감	ja.sin.gam	自信心
낭만적	nang.man.jo*k	浪漫
허영심	ho*.yo*ng.sim	虛榮心
자존심	ja.jon.sim	自尊心
책임감	che*.gim.gam	責任感
비판	bi.pan	批判
독립	dong.nip	獨立
열정	yo*l.jo*ng	熱情
완고	wan.go	頑固
신중	sin.jung	謹慎
모험	mo.ho*m	冒險
유머감	yu.mo*.gam	幽默感
겸손	gyo*m.son	謙遜

식물
sing.mu
植物

例句

잔디밭에 들어가지 마십시오 .
jan.di.ba.te/deu.ro*.ga.ji/ma.sip.ssi.o
請勿進入草皮。

장미에 비료를 줘요 .
jang.mi.e/bi.ryo.reul/jjwo.yo
給玫瑰花施肥。

허브도 소량의 비료가 필요합니다 .
ho*.beu.do/so.ryang.ui/bi.ryo.ga/pi.ryo.ham.
ni.da
香草也需要少量的肥料。

식물이 시들면 물을 주세요 .
sing.mu.ri/si.deul.myo*n/mu.reul/jju.se.yo
植物枯萎就要澆水。

꽃잎이 떨어졌어요 .
gon.ni.pi/do*.ro*.jo*.sso*.yo
花瓣掉落了。

텃밭에서 해충을 발견했어요 .
to*t.ba.te.so*/he*.chung.eul/bal.gyo*n.he*.
sso*.yo
在菜園發現害蟲了。

식목일에 나무를 심었어요 .
sing.mo.gi.re/na.mu.reul/ssi.mo*.sso*.yo
在植樹節種了樹。

저기 벚꽃 나무가 있네요 .
jo*.gi/bo*t.got/na.mu.ga/in.ne.yo
那裡有櫻花樹呢！

호접란 꽃이 시들었어요 .
ho.jo*m.nan/go.chi/si.deu.ro*.sso*.yo
蝴蝶蘭花枯萎了。

나무에 꽃이 폈어요 .
na.mu.e/go.chi/pyo*.sso*.yo
樹上開花了。

우리 할아버지는 농부세요 .
u.ri/ha.ra.bo*.ji.neun/nong.bu.se.yo
我爺爺是農夫。

벌레를 죽이기 위해 농약을 뿌렸어요 .
bo*l.le.reul/jju.gi.gi/wi.he*/nong.ya.geul/
bu.ryo*.sso*.yo
為了殺死蟲子，灑了農藥。

정원에서 여러가지 식물을 키웠어요 .
jo*ng.wo.ne.so*/yo*.ro*.ga.ji/sing.mu.reul/
ki.wo.sso*.yo
在庭園裡培育了各種植物。

이건 온실에서 재배한 토마토예요 .
i.go*n/on.si.re.so*/je*.be*.han/to.ma.to.ye.yo
這是在溫室栽培的番茄。

이 나무 잎이 커서 햇빛을 많이 흡수할 수 있다 .
i/na.mu/i.pi/ko*.so*/he*t.bi.cheul/ma.ni/heup.
ssu.hal/ssu/it.da
這棵樹的葉子很大，可以吸收很多陽光。

좋은 씨를 뿌리면 좋은 열매를 맺는다 .
jo.eun/ssi.reul/bu.ri.myo*n/jo.eun/yo*l.me*.reul/
me*n.neun.da
播好種得好果實。

會話一

A : 엄마, 이게 무슨 꽃이야. 핑크색 꽃이네.
o*m.ma//i.ge/mu.seun/go.chi.ya//ping.
keu.se*k/go.chi.ne
媽，這是什麼花啊？是粉紅色的花耶！

B : 응. 그것은 진달래라는 꽃이야.
eung//geu.go*.seun/jin.dal.le*.ra.neun/
go.chi.ya
恩，那是名叫杜鵑花的花。

會話二

A : 화분에 꽃이 시들었어요. 어떡해요?
hwa.bu.ne/go.chi/si.deu.ro*.sso*.yo//
o*.do*.ke*.yo
花盆的花枯萎了，怎麼辦？

B : 물부터 줘야 지.
mul.bu.to*/jwo.ya/ji
先澆水囉！

채소와 과일
che*.so.wa/gwa.il
蔬菜和水果

例句

난 과일과 채소가 좋아 . 넌 어떠니 ?
nan/gwa.il.gwa/che*.so.ga/jo.a//no*n/o*.do*.ni
我喜歡吃水果和蔬菜，你呢？

근처에 야채가게 있어요 ?
geun.cho*.e/ya.che*.ga.ge/i.sso*.yo
這附近有蔬菜店嗎？

이 과일 가게는 장사가 참 잘 된다 .
i/gwa.il/ga.ge.neun/jang.sa.ga/cham/jal/dwen.
da
這間水果店生意真的很好。

어떤 채소를 좋아하세요 ?
o*.do*n/che*.so.reul/jjo.a.ha.se.yo
您喜歡什麼樣的蔬菜呢？

진짜로 깻잎이 너무 좋아요 .
jin.jja.ro/ge*n.ni.pi/no*.mu/jo.a.yo
我真的很喜歡芝麻葉。

깻잎 특유의 향이 정말 좋아요 .
ge*n.nip/teu.gyu.ui/hyang.i/jo*ng.mal/jjo.a.yo
芝麻葉特有的香氣很棒！

저는 세상의 채소 중에서 양상추가 제일로
좋아요 .
jo*.neun/se.sang.ui/che*.so/jung.e.so*/yang.
sang.chu.ga/je.il.lo/jo.a.yo
世界上的蔬菜中，我最愛洋萵苣。

채소가 몸에 좋습니다 .
che*.so.ga/mo.me/jo.sseum.ni.da
蔬菜對身體很好。

어떤 채소가 건강에 좋아요 ?
o*.do*n/che*.so.ga/go*n.gang.e/jo.a.yo
什麼蔬菜對健康好呢？

저는 싫어하는 과일이 없네요 .
jo*.neun/si.ro*.ha.neun/gwa.i.ri/o*m.ne.yo
我沒有討厭的水果。

양상추의 아삭아삭한 식감이 좋아요 .
yang.sang.chu.ui/a.sa.ga.sa.kan/sik.ga.mi/
jo.a.yo
我喜歡洋萵苣鮮脆的口感。

바나나보다 오렌지가 더 좋아요 .
ba.na.na.bo.da/o.ren.ji.ga/do*/jo.a.yo
比起香蕉，我更愛柳橙。

여름하면 어떤 과일이 떠오르세요 ?
yo*.reum.ha.myo*n/o*.do*n/gwa.i.ri/do*.o.reu.
se.yo
夏天你會想到什麼水果呢？

마트에서 채소를 샀어요 .
ma.teu.e.so*/che*.so.reul/ssa.sso*.yo
在超市買了蔬菜。

유기농 채소를 사고 싶어요 .
yu.gi.nong/che*.so.reul/ssa.go/si.po*.yo
我想買有機蔬菜。

포도 한 봉지에 얼마예요 ?
po.do/han/bong.ji.e/o*l.ma.ye.yo
葡萄一包多少錢？

수박 한 통에 얼마예요 ?
su.bak/han/tong.e/o*l.ma.ye.yo
西瓜一顆多少錢？

사과를 깎아 주세요 .
sa.gwa.reul/ga.ga/ju.se.yo
請幫我削蘋果。

제주도 감귤은 맛있어요 .
je.ju.do/gam.gyu.reun/ma.si.sso*.yo
濟州島的橘子很好吃。

레몬은 십니다 .
re.mo.neun/sim.ni.da
檸檬酸。

사과가 달아요 .
sa.gwa.ga/da.ra.yo
蘋果甜。

배가 달고 맛있네요 .
be*.ga/dal.go/ma.sin.ne.yo
梨子甜又好吃呢！

새콤달콤한 딸기가 좋아요 .
se*.kom.dal.kom.han/dal.gi.ga/jo.a.yo
我喜歡酸酸甜甜的草莓。

과즙이 풍부한 과일이 좋습니다 .
gwa.jeu.bi/pung.bu.han/gwa.i.ri/jo.sseum.ni.da
我喜歡多汁的水果。

아침에 시장에서 뭘 샀습니까 ?
a.chi.me/si.jang.e.so*/mwol/sat.sseum.ni.ga
早上你在市場買了什麼？

과일하고 야채를 샀습니다 .
gwa.il.ha.go/ya.che*.reul/ssat.sseum.ni.da
買了水果和蔬菜。

시장에 갈 때 소고기 좀 사다 줘요 .
si.jang.e/gal/de*/so.go.gi/jom/sa.da/jwo.yo
去市場時，幫我買牛肉。

會話一

A : 아줌머니, 계절 야채는 어떤 것이 있어요?
a.jum.mo*.ni//gye.jo*l/ya.che*.neun/
o*.do*n/go*.si/i.sso*.yo
阿姨，季節蔬菜有哪些呢？

B : 시금치하고 청경채가 있습니다.
si.geum.chi.ha.go/cho*ng.gyo*ng.che*.ga/
it.sseum.ni.da
有菠菜和青江菜。

會話二

A : 아저씨, 이 사과 한 개에 얼마예요?
a.jo*.ssi//i/sa.gwa/han/ge*.e/o*l.ma.ye.yo
大叔，這蘋果一顆多少錢？

B : 한 개에 이천오백원이에요.
han/ge*.e/i.cho*.no.be*.gwo.ni.e.yo
一顆2千5百韓圜。
다섯 개에 만원이에요.
da.so*t/ge*.e/ma.nwo.ni.e.yo
五顆一萬韓圜。

동물
dong.mul
動物

例句

주말에 동물원으로 소풍을 갔어요 .
ju.ma.re/dong.mu.rwo.neu.ro/so.pung.eul/
ga.sso*.yo
周末去動物園郊遊了。

오랑우탄은 자고 있어 .
o.rang.u.ta.neun/ja.go/i.sso*
猩猩在睡覺。

호랑이가 무서워요 .
ho.rang.i.ga/mu.so*.wo.yo
老虎很可怕。

곰은 몸이 크고 꼬리가 짧아요 .
go.meun/mo.mi/keu.go/go.ri.ga/jjal.ba.yo
熊的身體大尾巴短。

거북이는 속도가 느립니다 .
go*.bu.gi.neun/sok.do.ga/neu.rim.ni.da
烏龜速度很慢。

뱀은 징그럽고 위험해요 .
be*.meun/jing.geu.ro*p.go/wi.ho*m.he*.yo
蛇噁心又危險。

원숭이가 바나나를 좋아한다 .
won.sung.i.ga/ba.na.na.reul/jjo.a.han.da
猴子喜歡吃香蕉。

인도에는 코끼리가 아주 많아요 .
in.do.e.neun/ko.gi.ri.ga/a.ju/ma.na.yo
印度有很多大象。

기린은 목이 깁니다 .
gi.ri.neun/mo.gi/gim.ni.da
長頸鹿脖子很長。

호랑이는 무섭고 사나운 존재예요 .
ho.rang.i.neun/mu.so*p.go/sa.na.un/jon.je*.
ye.yo
老虎是可怕又兇暴的存在。

사자는 산의 왕이다 .
sa.ja.neun/sa.nui/wang.i.da
獅子是山林之王。

얼룩말은 몸에 가로 줄무늬가 있어요 .
o*l.lung.ma.reun/mo.me/ga.ro/jul.mu.ni.ga/
i.sso*.yo
斑馬身體上有橫條紋路。

공작은 보통 나무 열매와 벌레를 먹어요 .
gong.ja.geun/bo.tong/na.mu/yo*l.me*.wa/bo*l.
le.reul/mo*.go*.yo
孔雀一般都吃樹上的果實或蟲子。

악어는 물속에서 삽니다 .
a.go*.neun/mul.so.ge.so*/sam.ni.da
鱷魚生活在水裡。

물개는 식육 동물입니까?

mul.ge*.neun/si.gyuk/dong.mu.rim.ni.ga

水獺是肉食性動物嗎?

會話一

A : 저 동물이 뭐죠?
jo*/dong.mu.ri/mwo.jyo
那是什麼動物?

B : 염소예요.
yo*m.so.ye.yo
是山羊。
표범이야.
pyo.bo*.mi.ya
是豹。

會話二

A : 동물원에는 어떤 동물들이 있어요?
dong.mu.rwo.ne.neun/o*.do*n/dong.mul.
deu.ri/i.sso*.yo
動物園裡有什麼樣的動物呢?

B : 기린, 사자, 호랑이, 코끼리, 판다 등 여러
가지 동물들이 있어요.
gi.rin//sa.ja//ho.rang.i//ko.gi.ri//pan.da/
deung/yo*.ro*/ga.ji/dong.mul.deu.ri/i.sso*.
yo
有長頸鹿、獅子、老虎、大象,熊貓
等各種動物。

人物
篇

신체부위
sin.che.bu.wi
身體部位

발을 삐었어요.
ba.reul/bi.o*.sso*.yo
我腳扭傷了。

내 손을 잡아요.
ne*/so.neul/jja.ba.yo
握住我的手吧。

오른쪽 어깨가 너무 아파요.
o.reun.jjok/o*.ge*.ga/no*.mu/a.pa.yo
右肩很痛。

얼굴에 점이 생겼다.
o*l.gu.re/jo*.mi/se*ng.gyo*t.da
臉上長痣了。

내 목이 짧아요.
ne*/mo.gi/jjal.ba.yo
我的脖子很短。

의자에 앉으면 엉덩이가 아파요.
ui.ja.e/an.jeu.myo*n/o*ng.do*ng.i.ga/a.pa.yo
坐椅子，屁股會痛。

허리는 배의 옆 부분입니다 .
ho*.ri.neun/be*.ui/yo*p/bu.bu.nim.ni.da
腰是肚子旁邊的部分。

너무 많이 걸어서 다리 아픕니다 .
no*.mu/ma.ni/go*.ro*.so*/da.ri/a.peum.ni.da
走太多路，腿很痠。

그녀를 보면 가슴이 뛰네요 .
geu.nyo*.reul/bo.myo*n/ga.seu.mi/dwi.ne.yo
看到她，心會跳。

머리가 어지러워요 .
mo*.ri.ga/o*.ji.ro*.wo.yo
頭暈。

몸이 아프면 병원에 가요 .
mo.mi/a.peu.myo*n/byo*ng.wo.ne/ga.yo
身體不舒服的話，就去醫院。

아버지께 무릎을 꿇었어요 .
a.bo*.ji.ge/mu.reu.peul/gu.ro*.sso*.yo
向爸爸下跪了。

제 여친은 피부가 하얘요 .
je/yo*.chi.neun/pi.bu.ga/ha.ye*.yo
我女朋友的皮膚很白。

배가 고파요 .
be*.ga/go.pa.yo
肚子餓。

너 , 귀가 막혔어 ?
no*//gwi.ga/ma.kyo*.sso*
你耳朵塞住了嗎 ?

나는 입이 가벼운 사람이 싫다 .
na.neun/i.bi/ga.byo*.un/sa.ra.mi/sil.ta
我討厭大嘴巴的人。

눈이 너무 피로해요 .
nu.ni/no*.mu/pi.ro.he*.yo
眼睛很疲勞。

會話一

A : 가장 매력있는 신체 부위가 어디야?
　　ga.jang/me*.ryo*.gin.neun/sin.che/bu.wi.
　　ga/o*.di.ya
　　最有魅力的身體部位是哪裡 ?

B : 남성에게 가장 매력있는 부위는 가슴이야.
　　nam.so*ng.e.ge/ga.jang/me*.ryo*.gin.
　　neun/bu.wi.neun/ga.seu.mi.ya
　　對男性來説最有魅力的部位是胸部。
　　엉덩이지.
　　o*ng.do*ng.i.ji
　　是臀部囉 !

會話二

A : 내 코가 너무 낮아요. 수술 받고 싶어요.
　　ne*/ko.ga/no*.mu/na.ja.yo//su.sul.bat.go/
　　si.po*.yo
　　我的鼻子很扁，想整形。

B : 받지 마. 넌, 눈이 예쁘잖아!
bat.jji/ma/no*n/nu.ni/ye.beu.ja.na
不要整，你眼睛很漂亮啊！

整形部位

성형외과	so*ng.hyo*ng.we.gwa 整形外科
쁘띠성형	beu.di.so*ng.hyo*ng 微整形
성형 수술	so*ng.hyo*ng/su.sul 整型手術
성형외과 의사	so*ng.hyo*ng.we.gwa /ui.sa 整型外科醫生
눈 성형	nun/so*ng.hyo*ng 眼部整型
쌍꺼풀 성형수술	ssang.go*.pul/so*ng. hyo*ng.su.sul 割雙眼皮手術
주름살 제거수술	ju.reum.sal/jje.go*.su. sul 除皺手術
얼굴윤곽 교정수술	o*l.gu.ryun.gwak/gyo. jo*ng.su.sul 臉部輪廓矯正
지방 흡입	ji.bang/heu.bip 抽指
가슴 성형	ga.seum/so*ng.hyo* ng 胸部整型
종아리 성형	jong.a.ri/so*ng.hyo*ng 小腿整型

느낌
neu.gim
感覺

例句

아파요 .
a.pa.yo
痛。

안 아프다 .
an/a.peu.da
不痛。

간지러워요 .
gan.ji.ro*.wo.yo
很癢。

쑤셔요 .
ssu.syo*.yo
痠痛。

뜨거워요 .
deu.go*.wo.yo
很燙。

차가워요 .
cha.ga.wo.yo
冰冷。

아, 시원하다.
a//si.won.ha.da
啊，好涼快。

오늘보다 더 따뜻해요.
o.neul.bo.da/do*/da.deu.te*.yo
比今天更暖和。

촉감이 부드러워요.
chok.ga.mi/bu.deu.ro*.wo.yo
觸感很柔軟。

얼굴 피부가 거칠어요.
o*l.gul/pi.bu.ga/go*.chi.ro*.yo
臉的皮膚很粗糙。

딱딱한 침대가 싫다.
dak.da.kan/chim.de*.ga/sil.ta
我討厭硬梆梆的床。

목이 말라요.
mo.gi/mal.la.yo
口渴了。

더워 죽겠어요.
do*.wo/juk.ge.sso*.yo
熱死了。

아주 피곤해요.
a.ju/pi.gon.he*.yo
很疲累。

너무 힘들어요 .
no*.mu/him.deu.ro*.yo
很累。

옆 집이 너무 시끄러워요 !
yo*p/ji.bi/no*.mu/si.geu.ro*.wo.yo
隔壁很吵。

길이 엄청 미끄러워요 .
gi.ri/o*m.cho*ng/mi.geu.ro*.wo.yo
路上很滑。

식물 잎이 끈적거려요 .
sing.mul/i.pi/geun.jo*k.go*.ryo*.yo
植物葉子黏黏的。

여기가 아픕니다 .
yo*.gi.ga/a.peum.ni.da
這裡痛。

햇빛이 너무 눈부셔요 .
he*t.bi.chi/no*.mu/nun.bu.syo*.yo
陽光太刺眼。

얼굴이 가렵습니다 .
o*l.gu.ri/ga.ryo*p.sseum.ni.da
臉癢癢的。

會話一

A : 더 먹을래요? 나 치킨 사 왔는데.
do*/mo*.geul.le*.yo//na/chi.kin/sa/wan.
neun.de
還要吃嗎？我買炸雞來了。

B : 아니, 배불러.
　　a.ni//be*.bul.lo*
不，我飽了。
좋아, 난 아직도 배고프거든.
jo.a//nan/a.jik.do/be*.go.peu.go*.deun
好啊，我還很餓。

會話二

A : 아, 추워 죽겠어.
　　a//chu.wo/juk.ge.sso*
啊，冷死了。

B : 너 추워? 코트 빌려 줄까?
　　no*/chu.wo/ko.teu/bil.lyo*/jul.ga
你會冷？要不要借你外套？
빨리 따뜻해지면 좋겠어.
bal.li/da.deu.te*.ji.myo*n/jo.ke.sso*
希望快點變暖。

외모 특징
we.mo/teuk.jjing
外貌特徵

키가 커요.
ki.ga/ko*.yo
個子高。

키가 작아요.
ki.ga/ja.ga.yo
個子矮。

몸매가 좋아요.
mom.me*.ga/jo.a.yo
身材好。

귀여워요.
gwi.yo*.wo.yo
可愛。

예뻐요.
ye.bo*.yo
漂亮。

멋있어요.
mo*.si.sso*.yo
很有型。

잘 생겼어요 .
jal/sse*ng.gyo*.sso*.yo
長得很帥。

날씬해요 .
nal.ssin.he*.yo
很苗條。

뚱뚱해요 .
dung.dung.he*.yo
胖胖的。

건강해 보여요 .
go*n.gang.he*/bo.yo*.yo
看起來很健康。

미인이시네요 .
mi.i.ni.si.ne.yo
您是美女呢！

젊은 사람이에요 .
jo*l.meun/sa.ra.mi.e.yo
是年輕人。

저는 여자예요 .
jo*.neun/yo*.ja.ye.yo
我是女生。

나는 남자야 .
na.neun/nam.ja.ya
我是男生。

주근깨가 있어요 .
ju.geun.ge*.ga/i.sso*.yo
有雀斑。

체격이 아주 좋아요 .
che.gyo*.gi/a.ju/jo.a.yo
體格很好。

얼굴에 주름이 많아요 .
o*l.gu.re/ju.reu.mi/ma.na.yo
臉上很多皺紋。

피부가 까매요 .
pi.bu.ga/ga.me*.yo
皮膚黑。

이마가 넓어요 .
i.ma.ga/no*p.o*.yo
額頭寬。

다리가 길어요 .
da.ri.ga/gi.ro*.yo
腿長。

다리가 짧아요 .
da.ri.ga/jjal.ba.yo
腿短。

나는 키가 크고 마른 편이야 .
na.neun/ki.ga/keu.go/ma.reun/pyo*.ni.ya
我算是又高又瘦的。

나는 아버지를 닮았어요 .
na.neun/a.bo*.ji.reul/dal.ma.sso*.yo
我像爸爸。

미인의 기준은 계란형의 얼굴이다 .
mi.i.nui/gi.ju.neun/gye.ran.hyo*ng.ui/o*l.gu.ri.
da
美女的標準是雞蛋臉。

그 남자는 어떻게 생겼어요 ?
geu/nam.ja.neun/o*.do*.ke/se*ng.gyo*.sso*.yo
那個男生長得怎麼樣？

정말 영화 배우 같이 생겼어요 .
jo*ng.mal/yo*ng.hwa/be*.u/ga.chi/se*ng.gyo*.
sso*.yo
真的長得很像電影演員。

會話一

A : 키가 얼마예요?
　　ki.ga/o*l.ma.ye.yo
　　你多高？
　　키가 몇이에요?
　　ki.ga/myo*.chi.e.yo
　　你多高？

B : 175센티미터예요.
　　be*k.chil.si.bo.sen.ti.mi.to*.ye.yo
　　我175公分。
　　내 키는 180이 넘어.
　　ne*/ki.neun/be*k.pal.ssi.bi/no*.mo*
　　我身高超過 180。

A : 그 친구가 어떻게 생겼어요?
geu/chin.gu.ga/o*.do*.ke/se*ng.gyo*.sso*.
yo
那位朋友長得怎麼樣？

B : 조금 뚱뚱하지만 예뻐요.
jo.geum/dung.dung.ha.ji.man/ye.bo*.yo
雖然有點胖胖的，但是很漂亮。
키가 작지만 멋있어요.
ki.ga/jak.jji.man/mo*.si.sso*.yo
雖然矮，但是很帥。

체중
che.jung
體重

例句

살 쪘어요.
sal/jjo*.sso*.yo
變胖了。

살 빼고 싶다.
sal/be*.go/sip.da
我想減肥。

살이 좀 찐 것 같아요.
sa.ri/jom/jjin/go*t/ga.ta.yo
好像有點變胖了。

살이 좀 빠졌군요.
sa.ri/jom/ba.jo*t.gu.nyo
好像有點變瘦了呢！

동생이 너무 말랐어요.
dong.se*ng.i/no*.mu/mal.la.sso*.yo
弟弟太瘦了。

저는 다이어트 중이에요.
jo*.neun/da.i.o*.teu/jung.i.e.yo
我在減肥。

체중이 늘었어요 .
che.jung.i/neu.ro*.sso*.yo
體重增加了。

체중이 5kg 줄었어요 .
che.jung.i/o.ki.ro/ju.ro*.sso*.yo
體重少了5公斤。

체중을 재어 봤어요 .
che.jung.eul/jje*.o*/bwa.sso*.yo
量了體重。

내 키에 적당한 몸무게는 얼마야 ?
ne*/ki.e/jo*k.dang.han/mom.mu.ge.neun/o*l.
ma.ya
我身高的適當體重是多少？

3 키로만 더 빼면 예쁘겠다 .
sam.ki.ro.man/do*/be*.myo*n/ye.beu.get.da
再減個3公斤應該很漂亮。

살이 쪄서 걱정이에요 !
sa.ri/jjo*.so*/go*k.jjo*ng.i.e.yo
變胖了很擔心。

어쩜 그렇게 날씬해요 ?
o*.jjo*m/geu.ro*.ke/nal.ssin.he*.yo
你怎麼那麼苗條？

몸무게를 재 본 지 오래됐어요 .
mom.mu.ge.reul/jje*/bon.ji/o.re*.dwe*.sso*.yo
我很久沒量體重了。

어떻게 하면 그렇게 날씬해요 ?
o*.do*.ke/ha.myo*n/geu.ro*.ke/nal.ssin.he*.yo
怎麼做才可以那麼苗條 ?

당신은 날씬해진 것 같네요 .
dang.si.neun/nal.ssin.he*.jin/go*t'gan.ne.yo
你好像變苗條了

제 몸무게가 많이 늘었어요 .
je/mom.mu.ge.ga/ma.ni/neu.ro*.sso*.yo
我體重增加很多。

다이어트 안 해 보신 분 있나요 ?
da.i.o*.teu/an/he*/bo.sin/bun/in.na.yo
有人沒有減重過嗎 ?

올바른 식습관을 가지도록 노력해 봐요 .
ol.ba.reun/sik.sseup.gwa.neul/ga.ji.do.rok/
no.ryo*.ke*/bwa.yo
努力試著讓自己有正確的飲食習慣。

다이어트하기로 했어요 .
da.i.o*.teu.ha.gi.ro/he*.sso*.yo
我決定要減肥了。

會話一

A : 몸무게가 얼마예요?
  mom.mu.ge.ga/o*l.ma.ye.yo
  你體重多重 ?
  몸무게가 얼마나 돼요?
  mom.mu.ge.ga/o*l.ma.na/dwe*.yo
  你體重多重 ?

몸무게를 말씀해 주시겠어요?
mom.mu.ge.reul/mal.sseum.he*/ju.si.
ge.sso*.yo
可以告訴我你的體重嗎？

B：52kg정도예요.
o.si.bi.ki.ro.jo*ng.do.ye.yo
52公斤左右。

會話二

A：이 허벅지 좀 봐. 난 다이어트 좀 해야겠어.
i/ho*.bo*k.jji/jom/bwa//nan/da.i.o*.teu/jom/
he*.ya.ge.sso*
你看我的大腿肉，我該來減肥了。

B：안 뚱뚱해. 예뻐.
an/dung.dung.he*//ye.bo*
不胖，很漂亮！

나이
na.i
年齡

저는 스물 다섯 살입니다 .
jo*.neun/seu.mul/da.so*t/sa.rim.ni.da
我二十五歲。

나는 스무 살이에요 .
na.neun/seu.mu/sa.ri.e.yo
我二十歲。

나는 서른이 넘었어요 .
na.neun/so*.reu.ni/no*.mo*.sso*.yo
我超過三十了。

나랑 동갑이네요 .
na.rang/dong.ga.bi.ne.yo
你跟我同年呢！

하루만 있으면 스물한 살이 돼요 .
ha.ru.man/i.sseu.myo*n/seu.mul.han/sa.ri/
dwe*.yo
再一天我就二十一歲了。

저는 20 대예요 .
jo*.neun/i.sip.de*.ye.yo
我是二十幾歲的人。

나이보다 어려 보이시네요 .
na.i.bo.da/o*.ryo*/bo.i.si.ne.yo
您看起來比年紀還更年輕耶！

내가 거의 마흔이야 .
ne*.ga/go*.ui/ma.heu.ni.ya
我快四十歲了。

30 대 초반처럼 보이는데요 .
sam.sip.de*/cho.ban.cho*.ro*m/bo.i.neun.
de.yo
年齡看起來像是三十初頭。

저보다 한 살 많네요 .
jo*.bo.da/han/sal/man.ne.yo
比我大一歲呢！

나보다 두 살 어리네요 .
na.bo.da/du/sal/o*.ri.ne.yo
比我小兩歲呢！

처음에 나보다 어린 줄 알았어요 .
cho*.eu.me/na.bo.da/o*.rin/jul/a.ra.sso*.yo
一開始我以為你年紀比我小。

이제 몇 살이 되는 거죠 ?
i.je/myo*t/sa.ri/dwe.neun/go*.jyo
你現在已經要幾歲了？

나 아직 20 대거든 .
na/a.jik/i.sip.de*.go*.deun
我還是二十幾歲耶！

나는 이제 늙은 사람이야 .
na.neun/i.je/neul.geun/sa.ra.mi.ya
我已經老了。

나는 아직 젊어요 .
na.neun/a.jik/jo*l.mo*.yo
我還年輕。

몇 년생이에요 ?
myo*t/nyo*n.se*ng.i.e.yo
你幾年生？

會話一

A : **몇 살이에요?**
　　myo*t/sa.ri.e.yo
　　你幾歲？
　　나이가 어떻게 되세요?
　　na.i.ga/o*.do*.ke/dwe.se.yo
　　您的年紀是？
　　나이를 물어봐도 될까요?
　　na.i.reul/mu.ro*.bwa.do/dwel.ga.yo
　　可以請教你的年紀嗎？

B : **스물 둘이에요.**
　　seu.mul/du.ri.e.yo
　　我二十二歲。
　　열여덟 살입니다.
　　yo*.ryo*.do*l/sa.rim.ni.da
　　我十八歲。

A : 내가 몇 살 같아 보여?
ne*.ga/myo*t/sal/ga.ta/bo.yo*
我看起來像幾歲？

B : 한 서른정도요.
han/so*.reun.jo*ng.do.yo
大概三十歲左右。

A : 그래? 사실 내가 서른 아홉이거든.
geu.re*//sa.sil/ne*.ga/so*.reun/a.ho.bi.go*.
deu
是嗎？其實我已經三十九歲了。

A : 무슨 띠예요?
mu.seun/di.ye.yo
你屬什麼呢？

B : 말띠예요.
mal.di.ye.yo
屬馬。
원숭이띠예요.
won.sung.i.di.ye.yo
屬猴。

건강
go*n.gang
健康

운동 부족인 것 같아요 .
un.dong/bu.jo.gin/go*t/ga.ta.yo
似乎運動不足。

살이 자꾸 져요 .
sa.ri/ja.gu/jo*.yo
一直變胖。

컨디션이 좋습니다 .
ko*n.di.syo*.ni/jo.sseum.ni.da
身體狀況不錯。

아주 건강해요 .
a.ju/go*n.gang.he*.yo
很健康。

잠을 충분히 자는데도 자꾸 졸려요 .
ja.meul/chung.bun.hi/ja.neun.de.do/ja.gu/jol.
lyo*.yo
睡得很飽，還是常打瞌睡。

시간 나면 병원에 가봐야 할 것 같아요 .
si.gan/na.myo*n/byo*ng.wo.ne/ga.bwa.ya/hal/
go*t/ga.ta.yo
有時間的話，該去一趟醫院了。

두통이 심해요.
du.tong.i/sim.he*.yo
頭痛很嚴重。

쉽게 피곤해져요.
swip.ge/pi.gon.he*.jo*.yo
容易疲累。

요즘 잠을 잘 못 자요.
yo.jeum/ja.meul/jjal/mot/ja.yo
最近睡不好。

몸이 별로 안 좋아요.
mo.mi/byo*.l.lo/an/jo.a.yo
身體不太好。

건강한 몸매를 유지하고 싶다면 운동해요.
go*.n.gang.han/mom.me*.reul/yu.ji.ha.go/sip.
da.myo*.n/un.dong.he*.yo
想維持健康的身體，就要運動。

나는 조깅을 좋아하고 자주 해요.
na.neun/jo.ging.eul/jjo.a.ha.go/ja.ju/he*.yo
我喜歡慢跑，經常去跑步。

건강 관리는 어떻게 해야 하나요?
go*.n.gang/gwal.li.neun/o*.do*.ke/he*.ya/ha.na.
yo
健康管理該如何做呢？

늘 건강하세요.
neul/go*.n.gang.ha.se.yo
祝你健康！

건강을 위해 꾸준히 운동해요 .

go*n.gang.eul/wi.he*/gu.jun.hi/un.dong.he*.yo

為了健康，要勤運動。

건강을 유지합니다 .

go*n.gang.eul/yu.ji.ham.ni.da

維持健康。

할머니는 연세가 많으시지만 아주 건강하십니다 .

hal.mo*.ni.neun/yo*n.se.ga/ma.neu.si.ji.man/
a.ju/go*n.gang.ha.sim.ni.da

奶奶雖然年紀大了，但是很健康。

會話一

A : 피곤해 보여. 어제 뭐 했어?
　　pi.gon.he*/bo.yo*//o*.je/mwo/he*.sso*
　　你看起來很累。昨天你在幹嘛？

B : 빨리 일을 끝내려고 밤 샜어요.
　　bal.li/i.reul/geun.ne*.ryo*.go/bam/se*.
　　sso*.yo
　　想把工作趕快做完，所以熬夜了。
　　시험 공부하느라고 잠을 못 잤어요.
　　si.ho*m/gong.bu.ha.neu.ra.go/ja.meul/
　　mot.ja.sso*.yo
　　為了準備考試，沒有睡覺。

A：어디 아파? 되게 안 좋아 보여.
　o*.di/a.pa//dwe.ge/an/jo.a/bo.yo*
　你哪裡不舒服嗎？看起來很不好。

B：삼일동안 계속 머리가 아파. 뭐가 잘못됐는
　지 모르겠어.
　sa.mil.dong.an/gye.sok/mo*.ri.ga/a.pa//
　mwo.ga/jal.mot.dwe*n.neun.ji/mo.reu.
　ge.sso*
　這三天一直頭很痛，不知道是怎麼
　了。

질병
jil.byo*ng
疾病

例句

어디가 아프세요 ?
o*.di.ga/a.peu.se.yo
您哪裡不舒服？

아직도 아프십니까 ?
a.jik.do/a.peu.sim.ni.ga
現在還會痛嗎？

많이 아프세요 ?
ma.ni/a.peu.se.yo
很不舒服嗎？

통증이 심합니까 ?
tong.jeung.i/sim.ham.ni.ga
疼痛很嚴重嗎？

여기를 누르면 아프세요 ?
yo*.gi.reul/nu.reu.myo*n/a.peu.se.yo
按這裡會痛嗎？

열이 있습니까 ?
yo*.ri/it.sseum.ni.ga
有發燒嗎？

감기에 걸렸어요 .
gam.gi.e/go*l.lyo*.sso*.yo
感冒了。

목이 많이 아파요 .
mo.gi/ma.ni/a.pa.yo
我喉嚨很痛。

설사도 해요 .
so*l.sa.do/he*.yo
也有拉肚子。

구역질이 나요 .
gu.yo*k.jji.ri/na.yo
會反胃。

기침을 해요 .
gi.chi.meul/he*.yo
有咳嗽。

이빨이 아파요 .
i.ba.ri/a.pa.yo
牙痛。

저는 고혈압이 있습니다 .
jo*.neun/go.hyo*.ra.bi/it.sseum.ni.da
我有高血壓。

몸에 힘이 없어요 .
mo.me/hi.mi/o*p.sso*.yo
全身無力。

기침이 심해요 .
gi.chi.mi/sim.he*.yo
咳嗽很嚴重。

계속 한기를 느껴요 .
gye.sok/han.gi.reul/neu.gyo*.yo
一直覺得冷。

식욕이 어떠세요 ?
si.gyo.gi/o*.do*.se.yo
食慾如何呢？

무슨 알레르기가 있습니까 ?
mu.seun/al.le.reu.gi.ga/it.sseum.ni.ga
你有什麼過敏嗎？

꽃 알레르기가 있습니다 .
got/al.le.reu.gi.ga/it.sseum.ni.da
我對花過敏。

피가 멈추지 않습니다 .
pi.ga/mo*m.chu.ji/an.sseum.ni.da
血流不止。

감기에 걸린 것 같아요 .
gam.gi.e/go*l.lin/go*t/ga.ta.yo
我好像感冒了。

코가 막혔어요 .
ko.ga/ma.kyo*.sso*.yo
我鼻塞了。

콧물이 계속 나와요 .
kon.mu.ri/gye.sok/na.wa.yo
鼻水一直流。

열이 내렸어요 .
yo*.ri/ne*.ryo*.sso*.yo
退燒了。

정기적으로 복용하시는 약도 있습니까 ?
jo*ng.gi.jo*.geu.ro/bo.gyong.ha.si.neun/yak.do/
it.sseum.ni.ga
你有固定會服用的藥物嗎?

건강검진 해 보셨나요 ?
go*n.gang.go*m.jin/he*/bo.syo*n.na.yo
你有做過健康檢查嗎?

혈액 검사를 받고 싶어요 .
hyo*.re*k/go*m.sa.reul/bat.go/si.po*.yo
我想做血液檢查。

입원해야 해요 ?
i.bwon.he*.ya/he*.yo
必須要住院嗎?

입원하지 않으셔도 됩니다 .
i.bwon.ha.ji/a.neu.syo*.do/dwem.ni.da
您可以不必住院。

매일 병원에 와야 합니까 ?
me*.il/byo*ng.wo.ne/wa.ya/ham.ni.ga
每天都要來醫院嗎?

좋은 약이 없어요 ?
jo.eun/ya.gi/o*p.sso*.yo
沒有好的藥嗎 ?

수술 받으면 긴 시간 동안 집에서 쉬어야 돼요 ?
su.sul/ba.deu.myo*n/gin/si.gan/dong.an/ji.be.so*/swi.o*.ya/dwe*.yo
如果動手術，需要長時間在家休息嗎 ?

재발 가능성이 있습니까 ?
je*.bal/ga.neung.so*ng.i/it.sseum.ni.ga
有復發的可能性嗎 ?

부작용 있습니까 ?
bu.ja.gyong/it.sseum.ni.ga
有副作用嗎 ?

무엇을 먹을 수 없어요 ?
mu.o*.seul/mo*.geul/ssu/o*p.sso*.yo
什麼東西不能吃呢 ?

술을 마셔도 됩니까 ?
su.reul/ma.syo*.do/dwem.ni.ga
可以喝酒嗎 ?

수술하고 나서 어때요 ? 좀 나아지고 있어요 ?
su.sul.ha.go/na.so*/o*.de*.yo//jom/na.a.ji.go/i.sso*.yo
手術完感覺怎麼樣 ? 有變好嗎 ?

정확히 어디가 아프십니까 ?
jo*ng.hwa.ki/o*.di.ga/a.peu.sim.ni.ga
準確是哪裡不舒服呢 ?

의사 선생님 , 감사합니다 .
ui.sa/so*n.se*ng.nim//gam.sa.ham.ni.da
醫生，謝謝您。

이 약은 어떻게 먹습니까 ?
i/ya.geun/o*.do*.ke/mo*k.sseum.ni.ga
這個藥怎麼吃 ?

이 상처에 바르는 약 좀 주세요 .
i/sang.cho*.e/ba.reu.neun/yak/jom/ju.se.yo
請給我擦這個傷口的藥。

會話一

A : 언제부터 아프셨어요?
o*n.je.bu.to*/a.peu.syo*t.sso.yo
您是從什麼時候開始不舒服的呢 ?

B : 어제 밤부터요.
o*.je/bam.bu.to*.yo
從昨天晚上。
오늘 아침부터입니다.
o.neul/a.chim.bu.to*.im.ni.da
從今天早上開始。

會話二

A : 감기 좀 나았어?
gam.gi/jom/na.a.sso*
感冒好一點了嗎 ?

B : 아직 콧물이 나. 일하는 힘도 없고요.
a.jik/kon.mu.ri/na//il.ha.neun/him.do/o*p.
go.yo
還在流鼻水，也沒有力氣工作。

A : 약은 먹었어?
ya.geun/mo*.go*.sso*
吃藥了嗎？

B : 아니. 어제 너무 피곤해서 약국 못 갔어.
a.nl//o*.je/no*.mu/pi.gon.he*.so*/yak.guk/
mot/ga.sso*
沒有，昨天太累了，沒有去藥局。

인간관계
in.gan.gwan.gye
人際關係

例句

친한 친구랑 싸웠어요 .
chin.han/chin.gu.rang/ssa.wo.sso*.yo
跟好朋友吵架了。

친구랑 화해했어요 .
chin.gu.rang/hwa.he*.he*.sso*.yo
跟朋友和好了。

친구랑 싸우지 말고 친하게 지내 !
chin.gu.rang/ssa.u.ji/mal.go/chin.ha.ge/ji.ne*
別跟朋友吵架，要好好相處。

저를 아세요 ?
jo*.reul/a.se.yo
你認識我嗎？

미안해요 . 다른 사람하고 착각했네요 .
mi.an.he*.yo//da.reun/sa.ram.ha.go/chak.
ga.ke*n.ne.yo
對不起，我認錯人了。

그녀가 민호 씨의 여자 친구예요 ?
geu.nyo*.ga/min.ho/ssi.ui/yo*.ja/chin.gu.ye.yo
她是民浩的女朋友嗎？

혹시 김연아 선생님을 아세요 ?
hok.ssi/gi.myo*.na/so*n.se*ng.ni.meul/a.se.yo
您認識金妍兒老師嗎 ?

두 사람이 무슨 관계예요 ?
du/sa.ra.mi/mu.seun/gwan.gye.ye.yo
兩位是什麼關係 ?

그분은 준수 씨의 아버님이에요 ?
geu.bu.neun/jun.su/ssi.ui/a.bo*.ni.mi.e.yo
那位是俊秀你的爸爸嗎 ?

그 사람은 내 대학교 후배예요 .
geu/sa.ra.meun/ne*/de*.hak.gyo/hu.be*.ye.yo
他是我大學學弟。

김미연 여사님이십니까 ?
gim.mi.yo*n/yo*.sa.ni.mi.sim.ni.ga
請問您是金美妍女士嗎 ?

이분은 저의 아내이자 우리 회사 회계사입니다 .
i.bu.neun/jo*.ui/a.ne*.i.ja/u.ri/hwe.sa/hwe.gye.sa.im.ni.da
這位是我的太太，也是我們公司的會計師。

저는 삼성전자에서 일하고 있는 차태현입니다 .
jo*.neun/sam.so*ng.jo*n.ja.e.so*/il.ha.go/in.neun/cha.te*.hyo*.nim.ni.da
我是在三星電子上班的車太鉉。

이분은 최 변호사님입니다 . 인사 드려요 .

i.bu.neun/chwe/byo*n.ho.sa.ni.mim.ni.da//
in.sa/deu.ryo*.yo

這位是崔律師，打個招呼吧。

저는 한국 화교예요 .

jo*.neun/han.guk/hwa.gyo.ye.yo

我是韓國華僑。

뵙게 되어 영광입니다 .

bwep.ge/dwe.o*/yo*ng.gwang.im.ni.da

很榮幸見到您。

동원 씨 , 이분은 강선생입니다 .

dong.won/ssi//i.bu.neun/gang.so*n.se*ng.
im.ni.da

東元先生，這位是姜先生。

숙민 씨 , 이분이 제 남편이에요 .

sung.min/ssi//i.bu.ni/je/nam.pyo*.ni.e.yo

淑敏小姐，這位是我丈夫。

제가 두 분을 소개하겠습니다 .

je.ga/du/bu.neul/sso.ge*.ha.get.sseum.ni.da

我來介紹兩位。

준수 씨 , 이분은 박선생입니다 .

jun.su/ssi//i.bu.neun/bak.sso*n.se*ng.im.ni.da

俊秀先生，這位是朴先生。

서로 인사하시지요 .

so*.ro/in.sa.ha.si.ji.yo

你們互相打個招呼吧！

우리 셋이 앉아서 이야기합시다.
u.ri/se.si/an.ja.so*/i.ya.gi.hap.ssi.da
我們三人坐下來聊聊吧。

會話一

A : 둘이 아는 사이예요?
du.ri/a.neun/sa.i.ye.yo
你們兩個認識嗎？

B : 네, 잘 아는 사이예요.
ne//jal/a.neun/sa.i.ye.yo
是的，我們很熟。
아니요, 모르는 사이예요.
a.ni.yo//mo.reu.neun/sa.i.ye.yo
不，不認識。

會話二

A : 김민준 선배를 알아요?
gim.min.jun/so*n.be*.reul/a.ra.yo
你認識金敏俊前輩嗎？

B : 응, 알아.
eung//a.ra
恩，認識。

A : 선배를 어떻게 알아요?
so*n.be*.reul/o*.do*.ke/a.ra.yo
你怎麼認識前輩的？

B : 그 사람은 내 고등학교 때 동창이야.
geu/sa.ra.meun/ne*/go.deung.hak.gyo/
de*/dong.chang.i.ya
他是我高中同學。

A : 그렇군요.
geu.ro*.ku.nyo
這樣啊！

會話三

A : 어떻게 서로 아세요?
o*.do*.ke/so*.ro/a.se.yo
你們怎麼認識的？

B : 우리는 같은 대학교에 다녔어요.
u.ri.neun/ga.teun/de*.hak.gyo.e/da.nyo*.
sso*.yo
我們以前讀一樣的大學。
같은 회사에서 일해요.
ga.teun/hwe.sa.e.so*/il.he*.yo
我們在同一間公司上班。

외국 친구 사귀기
we.guk/chin.gu/sa.gwi.gi
交外國朋友

이름이 뭐예요 ?
i.reu.mi/mwo.ye.yo
你叫什麼名字？

제 이름은 도민준입니다 .
je/i.reu.meun/do.min.ju.nim.ni.da
我的名字是都敏俊。

내 이름은 천송이야 .
ne*/i.reu.meun/cho*n.song.i.ya
我的名字是千頌伊。

우리 친구 하자 !
u.ri/chin.gu/ha.ja
我們交個朋友吧！

좋은 친구 사이가 됐으면 좋겠어요 .
jo.eun/chin.gu/sa.i.ga/dwe*.sseu.myo*n/jo.ke.
sso*.yo
希望我們可以成為好朋友。

만나서 반가워요 .
man.na.so*/ban.ga.wo.yo
很高興見到你。

알게 되어 기뻐요 .
al.ge/dwe.o*/gi.bo*.yo
很高興認識你。

어디에서 왔습니까 ?
o*.di.e.so*/wat.sseum.ni.ga
你從哪裡來的？

대만에서 왔습니다 .
de*.ma.ne.so*/wat.sseum.ni.da
我從台灣來的？

어디에 살고 있어요 ?
o*.di.e/sal.go/i.sso*.yo
你住在哪裡呢？

나는 타이페이에서 살고 있어요 .
na.neun/ta.i.pe.i.e.so*/sal.go/i.sso*.yo
我住在台北。

**저는 한국에서 태어났지만 미국에서 자랐
어요 .**
jo*.neun/han.gu.ge.so*/te*.o*.nat.jji.man/mi.gu.
ge.so*/ja.ra.sso*.yo
我在韓國出生，可是在美國長大。

저는 서울에서 일하고 있어요 .
jo*.neun/so*.u.re.so*/il.ha.go/i.sso*.yo
我在首爾工作。

한국에 얼마동안 계실 계획이에요 ?
han.gu.ge/o*l.ma.dong.an/gye.sil/gye.hwe.
gi.e.yo
你計畫在韓國待多久？

대만의 음식이 너무 마음에 들어요 .

de*.ma.nui/eum.si.gi/no*.mu/ma.eu.me/deu.ro*.yo

我很喜歡台灣菜。

전화번호를 알 수 있을까요 ?

jo*n.hwa.bo*n.ho.reul/al/ssu/i.sseul.ga.yo

我可以跟你要電話號碼嗎？

이메일 주소를 알려 주시겠어요 ?

i.me.il/ju.so.reul/al.lyo*/ju.si.ge.sso*.yo

可以告訴我你的E-mail嗎？

사는 집 주소도 알려 줘도 돼요 ?

sa.neun/jip/ju.so.do/al.lyo*/jwo.do/dwe*.yo

你住的地址也告訴我可以嗎？

내가 한국에 가면 잘 부탁해요 .

ne*.ga/han.gu.ge/ga.myo*n/jal/bu.ta.ke*.yo

我去韓國的話，就要麻煩你囉！

한국 친구들은 많지 않아요 .

han.guk/chin.gu.deu.reun/man.chi/a.na.yo

我韓國朋友不多。

꼭 대만에서 만날 수 있었으면 좋겠어요 .

gok/de*.ma.ne.so*/man.nal/ssu/i.sso*.sseu.myo*n/jo.ke.sso*.yo

希望我們可以在台灣見面。

대만 오시면 꼭 연락 주세요 .

de*.man/o.si.myo*n/gok/yo*l.lak/ju.se.yo

你來台灣一定要聯絡我喔！

한국인 친구를 사귀고 싶어요.
han.gu.gin/chin.gu.reul/ssa.gwi.go/si.po*.yo
我想交韓國朋友。

서울 가면 반드시 연락할게요.
so*.ul/ga.myo*n/ban.deu.si/yo*l.la.kal.ge.yo
我去首爾一定會連絡你。

페이스 북에 등록되어 있어요?
pe.i.seu/bu.ge/deung.nok.dwe.o*/i.sso*.yo
你有使用Facebook嗎?

우리 카카오톡 친구해요.
u.ri/ka.ka.o.tok/chin.gu.he*.yo
我們用KakaoTalk交朋友吧。

Line 친구 추가했어요.
ra.in/chin.gu/chu.ga.he*.sso*.yo
我加你為 Line的朋友了。

Line 아이디 좀 알려 줘요.
ra.in/a.i.di/jom/al.lyo*/jwo.yo
請告訴我Line的ID。

會話一

A : 한국에 온 이유는 뭐예요?
　　han.gu.ge/on/i.yu.neun/mwo.ye.yo
　　你為什麼來韓國呢?

B : 저는 일 때문에 왔어요.
　　jo*.neun/il/de*.mu.ne/wa.sso*.yo
　　我是來工作的。

친척들을 만나러 왔어요.
chin.cho*k.deu.reul/man.na.ro*/wa.sso*.
yo
我是來探親的。
여행 하러 왔어요.
yo*.he*ng/ha.ro*/wa.sso*.yo
我是來旅行的。

會話二

A : 대만에 얼마동안 더 있을 거예요?
de*.ma.ne/o*l.ma.dong.an/do*/i.sseul/go*.
ye.yo
你還要在台灣待多久呢？

B : 일주일정도 있을 거예요.
il.ju.il.jo*ng.do/i.sseul/go*.ye.yo
還要待一個星期左右。
이틀동안 더 있을 거야.
i.teul.dong.an/do*/i.sseul/go*.ya
再待個兩天。

會話三

A : 대만이 좋아요?
de*.ma.ni/jo.a.yo
你喜歡台灣嗎？

B : 네, 완전 좋아요!
ne/wan.jo*n/jo.a.yo
非常喜歡！

네, 대만 사람들도 친절하고 음식도 아주
맛있어요.
ne//de*.man/sa.ram.deul.do/chin.jo*l.
ha.go/eum.sik.do/a.ju/ma.si.sso*.yo
喜歡，台灣人很親切，東西也好吃。

會話四

A : 대학에 가면 어떤 친구를 사귀고 싶어?
de*.ha.ge/ga.myo*n/o*.do*n/chin.gu.reul/
ssa.gwi.go/si.po*
你上大學後，想交什麼樣的朋友？

B : 나처럼 농구를 좋아하는 친구였으면 좋겠
다.
na.cho*.ro*m/nong.gu.reul/jjo.a.ha.neun/
chin.gu.yo*.sseu.myo*n/jo.ket.da
希望跟我一樣是喜歡打籃球的朋友。

연애
yo*.ne*
戀愛

例句

사랑해요 .
sa.rang.he*.yo
我愛你。

난 널 많이 좋아해 .
nan/no*l/ma.ni/jo.a.he*
我很喜歡你。

키스해 줘요 .
ki.seu.he*/jwo.yo
親我。

뽀뽀해 줘요 .
bo.bo.he*/jwo.yo
親我。

안아 줘 .
a.na/jwo
抱我。

헤어졌어요 .
he.o*.jo*.sso*.yo
分手了。

차였어요.
cha.yo*.sso*.yo
被甩了。

양다리를 걸치고 있네요.
yang.da.ri.reul/go*l.chi.go/in.ne.yo
你腳踏兩條船啊！

남자 친구 없어요?
nam.ja/chin.gu/o*p.sso*.yo
你有男朋友嗎？

하루종일 네 생각뿐이야.
ha.ru.jong.il/ne/se*ng.gak.bu.ni.ya
我一整天都在想你。

한 달 동안이나 못 봤네. 보고 싶다.
han/dal/dong.a.ni.na/mot/bwan.ne//bo.go/sip.da
一個月沒看到你了，想你。

나도 오빠 너무 보고 싶어.
na.do/o.ba/no*.mu/bo.go/si.po*
我也很想哥哥你。

당신을 처음 봤을 때부터 좋아했어요.
dang.si.neul/cho*.eum/bwa.sseul/de*.bu.to*/jo.a.he*.sso*.yo
第一次看到你的時候我就喜歡你了。

보고 싶어요.
bo.go/si.po*.yo
我想你。

네 모든 걸 알고 싶다 .
ne/mo.deun/go*l/al.go/sip.da
我想知道你的一切。

당신은 나의 전부예요 .
dang.si.neun/na.ui/jo*n.bu.ye.yo
你是我的全部。

내가 널 얼마나 좋아하는지 알지 ?
ne*.ga/no*l/o*l.ma.na/jo.a.ha.neun.ji/al.jji
你知道我很喜歡你吧？

사랑한다고 말해 줘요 .
sa.rang.han.da.go/mal.he*/jwo.yo
快說你愛我。

오빠 없이는 살 수 없어요 .
o.ba/o*p.ssi.neun/sal/ssu/o*p.sso*.yo
沒有哥哥你，我活不下去。

첫눈에 반했어요 .
cho*n.nu.ne/ban.he*.sso*.yo
我一見鍾情。

또 사랑에 빠진 거예요 ?
do/sa.rang.e/ba.jin/go*.ye.yo
你又戀愛了嗎？

내가 데이트 신청해도 될까요 ?
ne*.ga/de.i.teu/sin.cho*ng.he*.do/dwel.ga.yo
我想約妳出去可以嗎？

집까지 바래다 줄게요 .
jip.ga.ji/ba.re*.da/jul.ge.yo
我送你回家。

또 만날 수 있을까요 ?
do/man.nal/ssu/i.sseul.ga.yo
我們會再見面嗎？

좀더 같이 있고 싶어요 .
jom.do*.ga.chi/it.go/si.po*.yo
我想再待在你身邊一會。

차 한 잔 할래요 ?
cha/han/jan/hal.le*.yo
一起喝杯茶好嗎？

언제 영화나 보러 갈래 ?
o*n.je/yo*ng.hwa.na/bo.ro*/gal.le*
什麼時候一起去看電影呢？

사귀는 사람 있어요 ?
sa.gwi.neun/sa.ram/i.sso*.yo
你有在交往的對象嗎？

나랑 사귈래요 ?
na.rang/sa.gwil.le*.yo
你願意和我交往嗎？

어제 여자친구에게 바람 맞았어 .
o*.je/yo*.ja.chin.gu.e.ge/ba.ram/ma.ja.sso*
我昨天被女朋友放鴿子了。

나 너를 사랑하는 것 같아 .

na/no*.reul/ssa.rang.ha.neun/go*t/ga.ta

我好像愛上你了。

왜 이러는지는 모르겠지만 이런 느낌은 처음이야 .

we*/i.ro*.neun.ji.neun/mo.reu.get.jji.man/i.ro*n/
neu.gi.meun/cho*.eu.mi.ya

不知道為什麼會這樣，但這種感覺是第一次。

會話一

A : 사실 나 중학교 때부터 너를 많이 좋아했어.
   sa.sil/na/jung.hak.gyo/de*.bu.to*/no*.reul/
   ma.ni/jo.a.he*.sso*
   其實我從國中的時候就很喜歡你了。

B : 뭐? 정말? 근데 왜 이제야 말해?
   mwo//jo*ng.mal//geun.de/we*/i.je.ya/mal.
   he*
   什麼 ? 真的嗎 ? 可是為什麼現在才說 ?

A : 거절 당할까봐 안 했지.
   go*.jo*l/dang.hal.ga.bwa/an/he*t.jji
   怕被你拒絕，才沒説囉 !

會話二

A : 반친구 중에 내가 관심 있는 사람이 있어.
ban.chin.gu/jung.e/ne*.ga/gwan.sim/
in.neun/sa.ra.mi/i.sso*
班上有我喜歡的人。

B : 누구야? 빨리 말해.
nu.gu.ya//bal.li/mal.he*
是誰啊？快說。
설마 미연이가 아니겠지?
so*l.ma/mi.yo*.ni.ga/a.ni.get.jji
該不會是美妍吧？
좋아한다고 얘기했어?
jo.a.han.da.go/ye*.gi.he*.sso*
你有跟她説你喜歡她嗎？

會話三

A : 어떤 여자를 좋아해요?
o*.do*n/yo*.ja.reul/jjo.a.he*.yo
你喜歡那種女生？

B : 우선 예쁘고 성격이 좋은 여자였으면 좋겠
어요.
u.so*n/ye.beu.go/so*ng.gyo*.gi/jo.eun/
yo*.ja.yo*.sseu.myo*n/jo.ke.sso*.yo
我希望是漂亮、個性又好的女生。

A : 오케이, 나한테 맡겨요.
o.ke.i//na.han.te/mat.gyo*.yo
OK，交給我吧。

會話四

A : 오늘 즐거웠어요. 고마워요.
o.neul/jjeul.go*.wo.sso*.yo//go.ma.wo.yo
今天我很開心，謝謝。

B : 다시 전화해도 되죠?
da.si/jo*n.hwa.he*.do/dwe.jyo
我可以再打電話給你嗎？

A : 네.
ne
可以。

B : 추워요. 얼른 들어가요.
chu.wo.yo//o*l.leun/deu.ro*.ga.yo
天氣冷，快進去吧。

A : 준영 씨도 조심해서 가요.
ju.nyo*ng/ssi.do/jo.sim.he*.so*/ga.yo
俊英你也小心回去。

결혼
gyo*l.hon
結婚

나랑 결혼해 줄래 ?
na.rang/gyo*l.hon.he*/jul.le*
你願意跟我結婚嗎？

나랑 평생을 함께 할래 ?
na.rang/pyo*ng.se*ng.eul/ham.ge/hal.le*
你願意一輩子跟著我嗎？

난 진심이에요 .
nan/jin.si.mi.e.yo
我是認真的。

언제 결혼하세요 ?
o*n.je/gyo*l.hon.ha.se.yo
你什麼時候要結婚？

내년에 결혼할 거예요 .
ne*.nyo*.ne/gyo*l.hon.hal/go*.ye.yo
我明年會結婚。

결혼식이 언제예요 ?
gyo*l.hon.si.gi/o*n.je.ye.yo
結婚典禮是什麼時候？

결혼 축하해요 .
gyo*l.hon/chu.ka.he*.yo
恭喜你結婚。

결혼 반지를 받았어요 .
gyo*l.hon/ban.ji.reul/ba.da.sso*.yo
我收到結婚戒指了。

신부는 누구예요 ?
sin.bu.neun/nu.gu.ye.yo
新娘是誰?

오늘은 신랑이 제일 멋있다 .
o.neu.reun/sil.lang.i/je.il/mo*.sit.da
今天新郎最帥!

결혼하셨습니까 ?
gyo*l.hon.ha.syo*t.sseum.ni.ga
您結婚了嗎?

저는 아직 결혼 안 했어요 .
jo*.neun/a.jik/gyo*l.hon/an.he*.sso*.yo
我還沒結婚。

저와 결혼해 주시겠어요 ?
jo*.wa/gyo*l.hon.he*/ju.si.ge.sso*.yo
你願意和我結婚嗎?

아직 결혼하고 싶지 않아요 .
a.jik/gyo*l.hon.ha.go/sip.jji/a.na.yo
我還不想結婚。

여자친구에게 프로포즈했어요 .
yo*.ja.chin.gu.e.ge/peu.ro.po.jeu.he*.sso*.yo
我向女朋友求婚了。

우리는 신혼부부예요 .
u.ri.neun/sin.hon.bu.bu.ye.yo
我們是新婚夫妻。

아기를 가졌어요 .
a.gi.reul/ga.jo*.sso*.yo
我有小孩了。

나 임신했어요 .
na/im.sin.he*.sso*.yo
我懷孕了。

결혼생활은 어때요 ?
gyo*l.hon.se*ng.hwa.reun/o*.de*.yo
結婚生活如何呢？

우리 별거 중이에요 .
u.ri/byo*l.go*/jung.i.e.yo
我們分居了。

난 이제 남편을 안 사랑해요 .
nan/i.je/nam.pyo*.neul/an/sa.rang.he*.yo
我現在不愛我老公了。

결혼하더니 완전히 다른 사람이 됐어 .
gyo*l.hon.ha.do*.ni/wan.jo*n.hi/da.reun/sa.ra.
mi/dwe*.sso*
結婚後發現他完全是另一個人。

나 이혼했다 .
na/i.hon.he*t.da
我離婚了。

언제 결혼하실 겁니까 ?
o*n.je/gyo*l.hon.ha.sil/go*m.ni.ga
你什麼時候要結婚？

그녀와 약혼을 했어요 .
geu.nyo*.wa/ya.ko.neul/he*.sso*.yo
我和她訂婚了。

어떤 사람과 결혼하고 싶습니까 ?
o*.do*n/sa.ram.gwa/gyo*l.hon.ha.go/sip.
sseum.ni.ga
你想和哪種人結婚？

내가 결혼하면 아이 둘을 낳을 거예요 .
ne*.ga/gyo*l.hon.ha.myo*n/a.i/du.reul/na.eul/
go*.ye.yo
我結婚的話，要生兩個小孩。

**지영 씨에게 주려고 이 결혼 반지를 샀어
요 .**
ji.yo*ng/ssi.e.ge/ju.ryo*.go/i/gyo*l.hon.ban.
ji.reul/ssa.sso*.yo
為了送給智英，買了這個結婚戒指。

친구 결혼식에 참가하러 홍콩에 갔습니다 .
chin.gu/gyo*l.hon.si.ge/cham.ga.ha.ro*/hong.
kong.e/gat.sseum.ni.da
我去香港參加朋友的結婚典禮。

會話一

A：우리 동생 착하고 예쁘죠? 여자친구 없죠?
　　소개해 줄게요.
　　u.ri/dong.se*ng/cha.ka.go/ye.beu.jyo//yo*.
　　ja.chin.gu/o*p.jjyo//so.ge*.he*/jul.ge.yo
　　我妹妹善良又漂亮吧？你沒有女朋友
　　吧？我介紹給你。

B：저 결혼했는데요.
　　jo*/gyo*l.hon.he*n.neun.de.yo
　　我已經結婚了。
　　네, 여친이 없어요. 소개해 주세요.
　　ne//yo*.chi.ni/o*p.sso*.yo//so.ge*.he*/
　　ju.se.yo
　　好啊，我沒有女朋友，介紹給我吧。

會話二

A：결혼한 지 얼마나 되셨어요?
　　gyo*l.hon.han/ji/o*l.ma.na/dwe.syo*.sso*.
　　yo
　　您結婚多久了呢？

B：5년이 됐어요.
　　o.nyo*.ni/dwe*.sso*.yo
　　有五年了。
　　얼마 안 됐어요.
　　o*l.ma/an/dwe*.sso*.yo
　　結婚沒多久。

가족
ga.jok
家人

例句

아버지는 경찰관이세요 .
a.bo*.ji.neun/gyo*ng.chal.gwa.ni.se.yo
父親是警察。

어머니는 가정주부이세요 .
o*.mo*.ni.neun/ga.jo*ng.ju.bu.i.se.yo
媽媽是家庭主婦。

언니는 간호사예요 .
o*n.ni.neun/gan.ho.sa.ye.yo
姊姊是護士。

오빠는 대학원생이에요 .
o.ba.neun/de*.ha.gwon.se*ng.i.e.yo
哥哥是研究所學生。

누나는 아나운서예요 .
nu.na.neun/a.na.un.so*.ye.yo
姊姊是播音員。

형은 요리사예요 .
hyo*ng.eun/yo.ri.sa.ye.yo
哥哥是廚師。

여동생은 초등학생이야 .
yo*.dong.se*ng.eun/cho.deung.hak.sse*ng.i.ya
妹妹是小學生。

남동생은 자동차 회사에서 일해요 .
nam.dong.se*ng.eun/ja.dong.cha/hwe.
sa.e.so*/il.he*.yo
弟弟在汽車公司上班。

저는 의사입니다 .
jo*.neun/ui.sa.im.ni.da
我是醫生。

우리 가족은 모두 다섯 명입니다 .
u.ri/ga.jo.geun/mo.du/da.so*t/myo*ng.im.ni.da
我家總共有五個人。

아빠는 수리를 잘합니다 .
a.ba.neun/su.ri.reul/jjal.ham.ni.da
爸爸很會修理東西。

우리 엄마는 요리를 잘합니다 .
u.ri/o*m.ma.neun/yo.ri.reul/jjal.ham.ni.da
我媽媽很會做菜。

형은 축구를 잘해요 .
hyo*ng.eun/chuk.gu.reul/jjal.he*.yo
哥哥很會踢足球。

큰 오빠는 수학을 많이 가르쳐 줍니다 .
keun/o.ba.neun/su.ha.geul/ma.ni/ga.reu.cho*/
jum.ni.da
大哥常教我數學。

작은 오빠는 나랑 잘 놀아 줍니다 .
ja.geun/o.ba.neun/na.rang/jal/no.ra/jum.ni.da
二哥常陪我玩。

우리 가족을 자랑합니다 .
u.ri/ga.jo.geul/jja.rang.ham.ni.da
我對我的家人感到驕傲。

오빠는 노래도 잘 부르고 , 운동도 잘해요 .
o.ba.neun/no.re*.do/jal/bu.reu.go//un.dong.do/
jal.he*.yo
哥哥又會唱歌運動又好。

누나는 학교에서도 밤 늦게 공부를 해요 .
nu.na.neun/hak.gyo.e.so*.do/bam/neut.ge/
gong.bu.reul/he*.yo
姊姊在學校也經常念書到很晚。

저는 우리 엄마 , 아빠를 사랑합니다 .
jo*.neun/u.ri/o*m.ma//a.ba.reul/ssa.rang.ham.
ni.da
我很愛我的媽媽和爸爸。

**어머니는 언제나 맛있는 밥을 끓여 주십니
다 .**
o*.mo*.ni.neun/o*n.je.na/ma.sin.neun/ba.beul/
geu.ryo*/ju.sim.ni.da
媽媽總是煮好吃的飯給我們吃。

나는 우리 가족을 사랑해요 .
na.neun/u.ri/ga.jo.geul/ssa.rang.he*.yo
我很愛我的家人。

남동생이 하나 있었으면 좋겠어요.
nam.dong.se*ng.i/ha.na/i.sso*.sseu.myo*n/
jo.ke.sso*.yo
希望我有一個弟弟。

나는 막내예요.
na.neun/mang.ne*.ye.yo
我是老么。

저는 독자입니다.
jo*.neun/dok.jja.im.ni.da
我是獨生子。

쌍둥이 형이 하나 있는데 어렸을 때 많이 싸 웠어요.
ssang.dung.i/hyo*ng.i/ha.na/in.neun.de/
o*.ryo*.sseul/de*/ma.ni/ssa.wo.sso*.yo
我有一個雙胞胎哥哥，小時候很常打架。

우리 집에는 식구가 많아요.
u.ri/ji.be.neun/sik.gu.ga/ma.na.yo
我們家人口很多。

아빠는 엄격하세요.
a.ba.neun/o*m.gyo*.ka.se.yo
爸爸很嚴格。

부모님은 어렸을 때 돌아가셨어요.
bu.mo.ni.meun/o*.ryo*.sseul/de*/do.ra.ga.syo*.
sso*.yo
爸媽在我小的時候就過世了。

會話一

A : 가족이 어떻게 되세요?
ga.jo.gi/o*.do*.ke/dwe.se.yo
你家有哪些人呢？

B : 우리 가족은 아빠, 엄마, 오빠, 저입니다.
총 네 명이죠.
u.ri/ga.jo.geun/a.ba//o*m.ma//o.ba//jo*.
im.ni.da//chong/ne/myo*ng.i.jyo
我們家有爸爸、媽媽、哥哥和我。總
共四個人。

會話二

A : 미령 씨는 형제가 어떻게 되세요?
mi.ryo*ng/ssi.neun/hyo*ng.je.ga/o*.do*.
ke/dwe.se.yo
美玲你有兄弟姊妹嗎？

B : 저는 언니가 하나 있고 남동생이 하나 있어
요.
jo*.neun/o*n.ni.ga/ha.na/it.go/nam.dong.
se*ng.i/ha.na/i.sso*.yo
我有一個姊姊一個弟弟。
저는 외딸이에요.
jo*.neun/we.da.ri.e.yo
我是獨生女。

성격
so*ng.gyo*k
個性

例句

착해요 .
cha.ke*.yo
善良。

친절해요 .
chin.jo*l.he*.yo
親切

비관적이에요 .
bi.gwan.jo*.gi.e.yo
悲觀。

예의가 바릅니다 .
ye.ui.ga/ba.reum.ni.da
有禮貌。

참을성이 없어요 .
cha.meul.sso*ng.i/o*p.sso*.yo
沒有耐心。

남편이 너무 인색해요 .
nam.pyo*.ni/no*.mu/in.se*.ke*.yo
老公太吝嗇。

요즘 너무 예민해졌어요 .
yo.jeum/no*.mu/ye.min.he*.jo*.sso*.yo
最近變得太敏感了。

마음이 넓어요 .
ma.eu.mi/no*p.o*.yo
心胸寬大。

비겁한 친구예요 .
bi.go*.pan/chin.gu.ye.yo
是卑鄙的朋友

경솔한 행동이에요 .
gyo*ng.sol.han/he*ng.dong.i.e.yo
是輕率的行為。

신중해요 .
sin.jung.he*.yo
慎重。

무식해요 .
mu.si.ke*.yo
無知。

고집스러워요 .
go.jip.sseu.ro*.wo.yo
固執。

내향적인 성격이다 .
ne*.hyang.jo*.gin/so*ng.gyo*.gi.da
內向的個性。

외향적인 성격이다 .
we.hyang.jo*.gin/so*ng.gyo*.gi.da
外向的個性。

용감해요 .
yong.gam.he*.yo
勇敢。

인내심이 있어요 .
in.ne*.si.mi/i.sso*.yo
有耐心。

재미있어요 .
je*.mi.i.sso*.yo
有趣。

정직해요 .
jo*ng.ji.ke*.yo
正直。

솔직한 남자예요 .
sol.jji.kan/nam.ja.ye.yo
老實的男生。

너무 이기적이에요 .
no*.mu/i.gi.jo*.gi.e.yo
太自私。

부지런한 사람이 좋아요 .
bu.ji.ro*n.han/sa.ra.mi/jo.a.yo
我喜歡勤勞的人。

우리 아버지는 까다로운 분이에요 .
u.ri/a.bo*.ji.neun/ga.da.ro.un/bu.ni.e.yo
我父親是挑剔的人。

저는 낙관주의자예요 .
jo*.neun/nak.gwan.ju.ui.ja.ye.yo
我是樂觀主義者。

누나가 너무 게을러요 .
nu.na.ga/no* mu/ge.cul.lo*.yo
姊姊很懶惰。

유머감각이 있는 남성이 좋다 .
yu.mo*.gam.ga.gi/in.neun/nam.so*ng.i/jo.ta
我喜歡幽默的男性。

그들은 너무 거만해요 !
geu.deu.reun/no*.mu/go*.man.he*.yo
他們太傲慢了！

그 사람은 성격이 좋아요 .
geu/sa.ra.meun/so*ng.gyo*.gi/jo.a.yo
他的個性很好。

내 성격이 원래 그래요 .
ne*/so*ng.gyo*.gi/wol.le*/geu.re*.yo
我的個性本來就那樣。

정말 다정한 사람이군요 .
jo*ng.mal/da.jo*ng.han/sa.ra.mi.gu.nyo
你真是多情的人。

너무 보수적이야 .
no*.mu/bo.su.jo*.gi.ya
太保守了。

걔 요즘 꽤 까칠하더라 .
gye*/yo.jeum/gwe*/ga.chil.ha.do*.ra
他最近太苛薄了。

걔는 마마보이야 .
gye*.neun/ma.ma.bo.i.ya
他是媽寶。

내성적이라고 생각합니다 .
ne*.so*ng.jo*.gi.ra.go/se*ng.ga.kam.ni.da
我覺得有些內向。

매우 수줍고 조용합니다 .
me*.u/su.jup.go/jo.yong.ham.ni.da
很害羞又安靜。

성격은 급해요 .
so*ng.gyo*.geun/geu.pe*.yo
性子很急。

유머감각이 없습니다 .
yu.mo*.gam.ga.gi/o*p.sseum.ni.da
缺乏幽默感。

그는 성격이 좋기 때문에 친구가 많다 .
geu.neun/so*ng.gyo*.gi/jo.ki/de*.mu.ne/chin.
gu.ga/man.ta
因為他個性好，所以朋友很多。

會話一

A : 대학교 때 걔 어땠니?
de*.hak.gyo/de*/gye*n/o*.de*n.ni
大學的時候他怎麼樣？

B : 아주 성실하고 믿을 수 있는 얘였어요.
a.ju/so*ng.sil.ha.go/mi.deul/ssu/in.neun/
ye*.yo*.sso*.yo
是很誠實又值得信任的人。

會話二

A : 단점이 뭐예요?
dan.jo*.mi/mwo.ye.yo
缺點是什麼？
장점이 뭐예요?
jang.jo*.mi/mwo.ye.yo
優點是什麼？

B : 단점은 입이 가벼운 거예요.
dan.jo*.meun/i.bi/ga.byo*.un/go*.ye.yo
缺點是很大嘴巴。
장점은 입이 무거운 거예요.
jang.jo*.meun/i.bi/mu.go*.un/go*.ye.yo
優點是言語謹慎。

언어
o*.no*
語言

너 영어 잘해?
no*/yo*ng.o*/jal.he*
你英文好嗎?

나는 영어를 못해요.
na.neun/yo*ng.o*.reul/mo.te*.yo
我不會說英文。

영어를 잘 못합니다.
yo*ng.o*.reul/jjal/mo.tam.ni.da
我不太會說英文。

중국어를 할 줄 몰라요.
jung.gu.go*.reul/hal/jjul/mol.la.yo
我不會講中文。

잘 못 알아들어요.
jal/mot/a.ra.deu.ro*.yo
我聽不太懂。

저는 한국어를 공부하고 있어요.
jo*.neun/han.gu.go*.reul/gong.bu.ha.go/i.sso*.
yo
我在學習韓國語。

한글을 못 알아 봐요 .
han.geu.reul/mot/a.ra/bwa.yo
我看不懂韓文字。

영어 신문을 읽을 줄 아세요 ?
yo*ng.o*/sin.mu.neul/il.geul/jjul/a.se.yo
你會看英文報紙嗎？

일본어 문법은 쉽지만 한자가 어렵습니다 .
il.bo.no*/mun.bo*.beun/swip.jji.man/han.ja.ga/
o*.ryo*p.sseum.ni.da
日語文法很簡單，但漢字很難。

나는 작년 오월부터 한국어를 공부해 왔어요 .
na.neun/jang.nyo*n/o.wol.bu.to*/han.gu.go*.
reul/gong.bu.he*/wa.sso*.yo
我從去年五月就開始學韓國語了。

일본어 회화책 두 권이 있어요 .
il.bo.no*/hwe.hwa.che*k/du/gwo.ni/i.sso*.yo
我有兩本日語會話書。

저는 영어 학원에 다녀요 .
jo*.neun/yo*ng.o*/ha.gwo.ne/da.nyo*.yo
我有去英文補習班上課。

선배한테서 중국어를 배웠어요 .
so*n.be*.han.te.so*/jung.gu.go*.reul/be*.
wo.sso*.yo
我向前輩學了中文。

우리 학교에서 한국어를 배울 수 있어요 .
u.ri/hak.gyo.e.so*/han.gu.go*.reul/be*.ul/su/
i.sso*.yo
在我們學校可以學習韓國語。

중국어를 배운 지 얼마나 됐어요 ?
jung.gu.go*.reul/be*.un/ji/o*l.ma.na/dwe*.sso*.
yo
你學中文有多久了？

중국어를 배운 지 만 일년이 되었어요 .
jung.gu.go*.reul/be*.un/ji/man/il.lyo*.ni/dwe.
o*.sso*.yo
我學中文滿一年了。

프랑스어 잘하고 싶어요 .
peu.rang.seu.o*/jal.ha.go/si.po*.yo
我想把法語學好。

스페인어를 배워 봤는데 너무 어려워요 .
seu.pe.i.no*.reul/be*.wo/bwan.neun.de/no*.
mu/o*.ryo*.wo.yo
我有試著學西班牙語，可是很難。

러시아어를 배우고 싶어요 .
ro*.si.a.o*.reul/be*.u.go/si.po*.yo
我想學俄語。

**독일어를 잘할 수 있는 방법을 알려 주세
요 .**
do.gi.ro*.reul/jjal.hal/ssu/in.neun/bang.bo*.
beul/al.lyo*/ju.se.yo
請告訴我可以把德語學好的方法。

내일 영어 쓰기 시험이 있어요 .
ne*.il/yo*ng.o*/sseu.gi/si.ho*.mi/i.sso*.yo
明天有英語作文考試。

영어 듣기 연습 어떻게 하시나요 ?
yo*ng.o*/deut.gi/yo*n.seup/o*.do*.ke/ha.si.
na.yo
您是怎麼練習英文聽力的呢？

나 오늘 한국어능력시험을 봤어요 .
na/o.neul/han.gu.go*.neung.nyo*k.ssi.ho*.
meul/bwa.sso*.yo
我今天考了韓國語能力考試。

영어와 한국어를 배우고 싶습니다 .
yo*ng.o*.wa/han.gu.go*.reul/be*.u.go/sip.
sseum.ni.da
我想學英語和韓語。

한국어가 쉽습니까 ?
han.gu.go*.ga/swip.sseum.ni.ga
韓語簡單嗎？

會話一

A : 한국어를 공부해요?
   han.gu.go*.reul/gong.bu.he*.yo
   你在學韓國語嗎？

B : 네, 한국어를 공부해요.
   ne//han.gu.go*.reul/gong.bu.he*.yo
   對，我在學韓國語。

아니요, 한국어를 공부하지 않아요.
a.ni.yo//han.gu.go*.reul/gong.bu.ha.ji/
a.na.yo
不，我沒有學韓國語。

會話二

A : 영어가 어려워요?
yo*ng.o*.ga/o*.ryo*.wo.yo
英文很難嗎？

B : 아니요, 영어는 쉬워요.
a.ni.yo//yo*ng.o*.neun/swi.wo.yo
不，英文很簡單。
네, 영어는 어려워요.
ne//yo*ng.o*.neun/o*.ryo*.wo.yo
是的，英文很難。

會話三

A : 무슨 외국어를 아세요?
mu.seun/we.gu.go*.reul/a.se.yo
你會說什麼外國語呢？

B : 한국어를 합니다.
han.gu.go*.reul/am.ni.da
我會說韓語。
영어를 조금 해요.
yo*ng.o*.reul/jjo.geum/he*.yo
我會一點英文。

존댓말과 반말
jon.de*n.mal.gwa/ban.mal
敬語與半語

例句

근데 왜 반말이세요 ?
geun.de/we*/ban.ma.ri.se.yo
可是你為什麼說半語？

말 놓으세요 .
mal/no.eu.se.yo
請您別說敬語。

말 편하게 하세요 .
mal/pyo*n.ha.ge/ha.se.yo
您說話可以隨便一些。

어르신 , 말씀 낮추세요 .
o*.reu.sin//mal.sseum/nat.chu.se.yo
老人家，請您別說敬語。

야 ! 나한테 반말 하지 마 !
ya//na.han.te/ban.mal/ha.ji/ma
喂！別對我說半語。

우리 편하게 말할까요 ?
u.ri/pyo*n.ha.ge/mal.hal.ga.yo
我們能說話隨便一點嗎？

자꾸 누나들한테 반말 하지 마 .
ja.gu/nu.na.deul.han.te/ban.mal.ha.ji/ma
不要一直對姊姊們説半語。

반말하지 말랬잖아 !
ban.mal.ha.jji/mal.le*t.jja.na
我不是説不准説半語嗎？

우리 편하게 반말하자 .
u.ri/pyo*n.ha.ge/ban.mal.ha.jja
我們講半語吧！

계속 누나한테 반말질이야 ?
gye.sok/nu.na.han.te/ban.mal.jji.ri.ya
你要一直對姊姊説半語嗎？

말 편하게 해도 돼요 ?
mal/pyo*n.ha.ge/he*.do/dwe*.yo
我可以不説敬語嗎？

말 놔도 돼요 ?
mal/nwa.do/dwe*.yo
我可以説半語嗎？

너도 말 놔 .
no*.do/mal/nwa
你也説半語吧。

제가 반말해도 되나요 ?
je.ga/ban.mal.he*.do/dwe.na.yo
我説半語也沒關係嗎？

처음 보는 사람한테 왜 반말해요 ?
cho*.eum/bo.neun/sa.ram.han.te/we*/ban.mal.
he*.yo
你怎麼對第一次見面的人說半語呢 ?

제가 가장 어리니까 존댓말밖에 나오지 않아요 .
je.ga/ga.jang/o*.ri.ni.ga/jon.de*n.mal.ba.ge/
na.o.ji/a.na.yo
我年紀最小只能說敬語。

처음 보는 사람한테 함부로 반말하면 안 돼요 .
cho*.eum/bo.neun/sa.ram.han.te/ham.bu.ro/
ban.mal.ha.myo*n/an/dwe*.yo
不可以對第一次見面的人隨便說半語。

이 자식이 어디서 반말이야 !
i/ja.si.gi/o*.di.so*/ban.ma.ri.ya
你這傢伙竟敢講半語 ?

왜 반말이야 ? 나이가 몇 살이야 ?
we*/ban.ma.ri.ya//na.i.ga/myo*t/sa.ri.ya
你為什麼說半語，你幾歲 ?

초면일 경우에는 존댓말을 사용하는 것이 한국의 예절이다 .
cho.myo*.nil/gyo*ng.u.e.neun/jon.de*n.
ma.reul/ssa.yong.ha.neun/go*.si/han.gu.gui/
ye.jo*.ri.da
第一次見面的情況，使用敬語是韓國的禮儀。

會話一

A : 우리 동갑인데 말 놓을까요?
u.ri/dong.ga.bin.de/mal/no.eul.ga.yo
我們同年紀，講話輕鬆一點好嗎？

B : 응. 좋아!
eung//jo.a
好啊！

會話二

A : 세경 씨는 누나니까 말 편하게 해요.
se.gyo*ng/ssi.neun/nu.na.ni.ga/mal/
pyo*n.ha.ge/he*.yo
世京你是姊姊，別説敬語了。

B : 그래. 앞으로 친하게 잘 지내자!
geu.re*//a.peu.ro/chin.ha.ge/jal/jji.ne*.ja
好，以後我們好好相處吧！

인사말
in.sa.mal
問候語

例句

안녕하세요 .
an.nyo*ng.ha.se.yo
你好。

여러분 , 안녕하십니까 ?
yo*.ro*.bun//an.nyo*ng.ha.sim.ni.ga
大家好。

처음 뵙겠습니다 .
cho*.eum/bwep.get.sseum.ni.da
初次見面。

이것은 제 명함입니다 .
i.go*.seun/je/myo*ng.ha.mim.ni.da
這是我的名片。

앞으로 잘 부탁합니다 .
a.peu.ro/jal/bu.ta.kam.ni.da
以後請多多指教。

내일 봐요 .
ne*.il/bwa.yo
明天見。

안녕히 가세요 .
an.nyo*ng.hi/ga.se.yo
再見。（對要離開的人）

안녕히 계세요 .
an.nyo*ng.hi/gye.se.yo
再見。（對留在原地的人）

다음에 뵙겠습니다 .
da.eu.me/bwep.get.sseum.ni.da
我們下次見。

만나서 정말 반가웠습니다 .
man.na.so*/jo*ng.mal/ban.ga.wot.sseum.ni.da
見到你真的很高興。

얘기 즐거웠습니다 .
ye*.gi/jeul.go*.wot.sseum.ni.da
和你聊得很愉快。

안녕 , 내일 봐 .
an.nyo*ng//ne*.il/bwa
拜拜，明天見。

살펴 가십시오 .
sal.pyo*/ga.sip.ssi.o
請慢走。

조심해서 가세요 .
jo.sim.he*.so*/ga.se.yo
小心慢走。

오늘은 수고했어요 .
o.neu.reun/su.go.he*.sso*.yo
今天你辛苦了。

잘 자요 .
jal/jja.yo
晚安。

안녕히 주무세요 .
an.nyo*ng.hl/ju.mu.se.yo
晚安。（對長輩）

좋은 꿈 꾸세요 .
jo.eun/gum/gu.se.yo
祝你有個好夢。

어제 잘 잤어요 ?
o*.je/jal/jja.sso*.yo
昨天你睡得好嗎？

안녕히 주무셨어요 ?
an.nyo*ng.hi/ju.mu.syo*.sso*.yo
您睡得好嗎？

다녀오겠습니다 .
da.nyo*.o.get.sseum.ni.da
我出門了。

다녀오셨어요 ?
da.nyo*.o.syo*.sso*.yo
您回來啦？

식사는 하셨어요?
sik.ssa.neun/ha.syo*.sso*.yo
吃過飯了嗎？

잘 먹겠습니다.
jal/mo*k.get.sseum.ni.da
我開動了。

잘 먹었습니다.
jal/mo*.go*t.sseum.ni.da
我吃飽了。

부모님에게 안부를 전해 주세요.
bu.mo.ni.me.ge/an.bu.reul/jjo*n.he*/ju.se.yo
請替我向你父母問好。

오래간만입니다. 잘 지냈습니까?
o.re*.gan.ma.nim.ni.da//jal/jji.ne*t.sseum.ni.ga
好久不見，你過得好嗎？

요즘 어때요?
yo.jeum/o*.de*.yo
最近過得如何？

잘 지내세요.
jal/jji.ne*.se.yo
保重。

會話一

A : 잘 지냈어요?
jal/jji.ne*.sso*.yo
你過得好嗎？

B：네, 잘 지냈어요.
ne//jal/jji.ne*.sso*.yo
是的，我過得很好。

아니요, 사실 잘 못 지냈어요.
a.ni.yo//sa.sil/jal/mot/ji.ne*.sso*.yo
不，其實我過得不好。

會話二

A：오늘 바쁘세요?
o.neul/ba.beu.se.yo
今天忙嗎？

B：아니요, 안 바빠요.
a.ni.yo//an/ba.ba.yo
不，不忙。
네, 무지 바빠요.
ne//mu.ji/ba.ba.yo
是啊，很忙。

韓語會話GO
萬用小抄一本就

한국어 회화책,
이 책 하나면 충분!

生活
篇

주거지
ju.go*.ji
居住地

집 주소가 뭐예요 ?
jip/ju.so.ga/mwo.ye.yo
你家地址是什麼？

이게 바로 내가 꿈꾸는 집이에요 .
i.ge/ba.ro/ne*.ga/gum.gu.neun/ji.bi.e.yo
這正是我夢想中的家。

우리 집은 시골에 있어요 .
u.ri/ji.beun/si.go.re/i.sso*.yo
我家在鄉下。

나는 가족들과 떨어져 살아요 .
na.neun/ga.jok.deul.gwa/do*.ro*.jo*/sa.ra.yo
我跟家人們分開住。

아직 거기에 살아요 ?
a.jik/go*.gi.e/sa.ra.yo
你還住在那裡嗎？

나는 여기에 살고 있어요 .
na.neun/yo*.gi.e/sal.go/i.sso*.yo
我住在這裡。

주소를 가르쳐 주십시오 .
ju.so.reul/ga.reu.cho*/ju.sip.ssi.o
請告訴我住址。

부모님이랑 함께 삽니까 ?
bu.mo.ni.mi.rang/ham.ge/sam.ni.ga
你跟父母親一起住嗎？

저는 한국에서 살고 싶었어요 .
jo*.neun/han.gu.ge.so*/sal.go/si.po*.sso*.yo
我想住在韓國。

집 주소하고 전화번호를 여기에 적어 주세 요 .
jip/ju.so.ha.go/jo*n.hwa.bo*n.ho.reul/yo*.gi.e/
jo*.go*/ju.se.yo
請把家裡住址和電話號碼寫在這裡。

여기서 산 지 얼마나 되었어요 ?
yo*.gi.so*/san/ji/o*l.ma.na/dwe.o*.sso*.yo
你住在這裡多久了？

여기서 산 지 얼마 안 됐어요 .
yo*.gi.so*/san/ji/o*l.ma/an/dwe*.sso*.yo
我住在這裡沒多久。

지난 주에 막 이사 왔거든요 .
ji.nan/ju.e/mak/i.sa/wat.go*.deu.nyo
我上週才剛搬來這裡。

월세가 얼마예요 ?
wol.se.ga/o*l.ma.ye.yo
月租多少錢？

보증금이 얼마예요 ?
bo.jeung.geu.mi/o*l.ma.ye.yo
保證金多少錢？

계약 기간은 얼마예요 ?
gye.yak.gi.ga.neun/o*l.ma.ye.yo
簽約期間是多久？

저는 하숙집에서 삽니다 .
jo*.neun/ha.suk.jji.be.so*/sam.ni.da
我住在合宿舍。

나는 학교 기숙사에서 살아요 .
na.neun/hak.gyo/gi.suk.ssa.e.so*/sa.ra.yo
我住在學校宿舍。

지금 방이 있습니까 ?
ji.geum/bang.i/it.sseum.ni.ga
現在有房間嗎？

방에 뭐가 있습니까 ?
bang.e/mwo.ga/it.sseum.ni.ga
房間裡有什麼？

집에 세탁기가 있어요 ?
ji.be/se.tak.gi.ga/i.sso*.yo
家裡有洗衣機嗎？

무선 인터넷 서비스도 가능합니다 .
mu.so*n/in.to*.net/so*.bi.seu.do/ga.neung.
ham.ni.da
也有提供無線網路服務。

침대 시트도 포함되어 있습니다 .

chim.de*/si.teu.do/po.ham.dwe.o*/it.sseum.
ni.da

也有包含床單。

월세에 전기세와 수도세도 포함되어 있나요 ?

wol.se.e/jo*n.gi.se.wa/su.do.se.do/po.ham.
dwe.o*/in.na.yo

月租裡有包括電費和水費嗎？

근처에 마트나 편의점이 있어요 ?

geun.cho*.e/ma.teu.na/pyo*.nui.jo*.mi/i.sso*.
yo

附近有超市或便利商店嗎？

고시원 위치가 어디입니까 ?

go.si.won/wi.chi.ga/o*.di.im.ni.ga

考試院的位置在哪裡？

지금 집을 보러 가도 되나요 ?

ji.geum/ji.beul/bo.ro*/ga.do/dwe.na.yo

我現在可以去看房子嗎。

집이 지하철에서 멀어요 ?

ji.bi/ji.ha.cho*.re.so*/mo*.ro*.yo

家裡離地鐵站很遠嗎？

우리 집은 대가족입니다 . 다 같이 같은 지붕 아래 살고 있어요 .

u.ri/ji.beun/de*.ga.jo.gim.ni.da//da/ga.chi/
ga.teun/ji.bung/a.re*/sal.go/i.sso*.yo

我家是大家庭。大家一起住在相同的屋簷底下。

會話一

A : 어디서 사십니까?
　　o*.di.so*/sa.sim.ni.ga
　　您住在哪裡？

B : 포항에서 삽니다.
　　po.hang.e.so*/sam.ni.da
　　我住在浦項。
　　인천에서 살아요.
　　in.cho*.ne.so*/sa.ra.yo
　　我住在仁川。

會話二

A : 누구하고 같이 살아요?
　　nu.gu.ha.go/ga.chi/sa.ra.yo
　　你跟誰一起住呢？

B : 나는 오빠와 같이 살아요.
　　na.neun/o.ba.wa/ga.chi/sa.ra.yo
　　我跟哥哥一起住。
　　저는 부모님과 함께 삽니다.
　　jo*.neun/bu.mo.nim.gwa/ham.ge/sam.
　　ni.da
　　我跟父母親一起住。
　　저는 혼자 살아요.
　　jo*.neun/hon.ja/sa.ra.yo
　　我自己一個人住。

학교
hak.gyo
學校

例句

학교 잘 다니고 있어요 ?
hak.gyo/jal/da.ni.go/i.sso*.yo
你有好好上學嗎?

학교에 어떻게 옵니까 ?
hak.gyo.e/o*.do*.ke/om.ni.ga
你都怎麼來學校?

전공이 뭐예요 ?
jo*n.gong.i/mwo.ye.yo
你主修什麼?

저는 경영학을 전공해요 .
jo*.neun/gyo*ng.yo*ng.ha.geul/jjo*n.gong.he*.
yo
我主修經營學。

저는 대학생입니다 .
jo*.neun/de*.hak.sse*ng.im.ni.da
我是大學生。

저는 고등학생입니다 .
jo*.neun/go.deung.hak.sse*ng.im.ni.da
我是高中生。

작년 유월에 대학교를 졸업했어요 .
jang.nyo*n/yu.wo.re/de*.hak.gyo.reul/jjo.ro*.
pe*.sso*.yo
我去年六月大學畢業了。

다음 주에 중간 시험이 있어요 .
da.eum/ju.e/jung.gan/si.ho*.mi/i.sso*.yo
下周有期中考。

어제 기말 시험이 끝났어요 .
o*.je/gi.mal/ssi.ho*.mi/geun.na.sso*.yo
昨天期末考考完了。

나 이번 시험에 통과했어요 .
na/i.bo*n/si.ho*.me/tong.gwa.he*.sso*.yo
我這次的考試通過了。

시험에 합격해서 기뻐요 .
si.ho*.me/hap.gyo*.ke*.so*/gi.bo*.yo
因為考試合格了，很開心。

시험이 어려울까요 ?
si.ho*.mi/o*.ryo*.ul.ga.yo
考試難嗎？

시험이 어땠어요 ?
si.ho*.mi/o*.de*.sso*.yo
考試考得如何？

저는 유학생입니다 .
jo*.neun/yu.hak.sse*ng.im.ni.da
我是留學生。

우리 같은 수업을 들어요 .
u.ri/ga.teun/su.o*.beul/deu.ro*.yo
我們聽同一門課。

지금 같은 고등학교에 다녀요 .
ji.geum/ga.teun/go.deung.hak.gyo.e/da.nyo*.
yo
我們現在上同一所高中。

매일 공부해야 돼요 .
ɪne*.il/gong.bu.he*.ya/dwe*.yo
應該要每天念書。

숙제하기가 싫어요 .
suk.jje.ha.gi.ga/si.ro*.yo
我討厭寫作業。

유학 가고 싶어요 .
yu.hak/ga.go/si.po*.yo
我想去留學。

한국 문화 수업을 듣고 싶은데요 .
han.guk/mun.hwa/su.o*.beul/deut.go/si.peun.
de.yo
我想上韓國文化的課程。

체육 수업은 비 때문에 취소됐어요 .
che.yuk/su.o*.beun/bi/de*.mu.ne/chwi.
so.dwe*.sso*.yo
體育課因為下雨取消了。

아 , 정말 학교 가기 싫어 .
a//jo*ng.mal/hak.gyo/ga.gi/si.ro*
啊，真不想去學校。

여러분, 열심히 공부해!
yo*.ro*.bun//yo*l.sim.hi/gong.bu.he*
各位，要好好認真念書！

숙제 좀 도와줘.
suk.jje/jom/do.wa.jwo
教我寫作業。

제가 쓴 거 맞습니까?
je.ga/sseun/go*/mat.sseum.ni.ga
我寫的正確嗎？

적어 주세요.
jo*.go*/ju.se.yo
請抄下來。

이해가 안 돼요.
i.he*.ga/an/dwe*.yo
我不懂。

생각이 안 나요.
se*ng.ga.gi/an/na.yo
我想不起來。

질문 있어요.
jil.mun/i.sso*.yo
我有問題要問。

월요일부터 금요일까지 매일 수업이 있어요.
wo.ryo.il.bu.to*/geu.myo.il.ga.ji/me*.il/su.o*.bi/i.sso*.yo
我從星期一到星期五每天都有課。

저 휴학했어요.
jo*/hyu.ha.ke*.sso*.yo
我休學了。

저는 초등학교 3 학년 1 반 김혜선입니다.
jo*.neun/cho.deung.hak.gyo/sam.hang.nyo*n/
il.ban/gim.hye.so*.nim.ni.da
我是小學三年一班的金惠善。

대학생이 되면 아르바이트를 하고 싶어요.
de*.hak.sse*ng.i/dwe.myo*n/a.reu.ba.i.teu.
reul/ha.go/si.po*.yo
如果當上大學生，我想打工。

교실에서 자는 학생의 이름이 뭐예요?
gyo.si.re.so*/ja.neun/hak.sse*ng.ui/i.reu.mi/
mwo.ye.yo
在教室睡覺的學生叫什麼名字？

그 학생은 교실에 없습니다.
geu/hak.sse*ng.eun/gyo.si.re/o*p.sseum.ni.da
那個學生不在教室。

수학 좀 가르쳐 주세요.
su.hak/jom/ga.reu.cho*/ju.se.yo
請教我數學。

시험은 잘 봤어요?
si.ho*.meun/jal/bwa.sso*.yo
你考試有考好嗎？

이번에 시험을 못 봤어요.
i.bo*.ne/si.ho*.meul/mot/bwa.sso*.yo
這次我沒考好。

會話一

A : 안녕하세요. 선생님.
　　an.nyo*ng.ha.se.yo//so*n.se*ng.nim
　　老師，您好。

B : 아, 민준이구나. 일찍 왔네.
　　a//min.ju.ni.gu.na//il.jjik wan.ne
　　啊，是民俊啊！你很早來喔！

會話二

A : 시험에 합격했다면서요? 축하해요.
　　si.ho*.me/hap.gyo*.ke*t.da.myo*n.so*.yo//
　　chu.ka.he*.yo
　　聽說你考試合格了，恭喜你。

B : 고마워요. 떨어질 줄 알았는데.
　　go.ma.wo.yo//do*.ro*.jil/jul/a.ran.neun.de
　　謝謝，我以為我會落榜呢！

會話三

A : 누가 칠판 좀 지워 주겠어요?
　　nu.ga/chil.pan/jom/ji.wo/ju.ge.sso*.yo
　　誰能幫我擦個黑板？

B : 제가 지워 드리겠습니다.
　　je.ga/ji.wo/deu.ri.get.sseum.ni.da
　　我來擦。

會話四

A : 지난 학기 몇 과목 들었어요?
ji.nan/hak.gi/myo*t/gwa.mok/deu.ro*.sso*.
yo
你上個學期修了幾個科目？

B : 아홉 과목 들었어요.
a.hop/gwa.mok/deu.ro*.sso*.yo
我修了九個科目。

A : 안 힘들었어요?
an/him.deu.ro*.sso*.yo
不會累嗎？

B : 완전 힘들었죠.
wan.jo*n/him.deu.ro*t.jjyo
超累的。

회사
hwe.sa
公司

직업이 뭐예요 ?
ji.go*.bi/mwo.ye.yo
你的職業是什麼？

저는 회사원입니다 .
jo*.neun/hwe.sa.wo.nim.ni.da
我是上班族。

지금은 쉬고 있어요 .
ji.geu.meun/swi.go/i.sso*.yo
我現在沒在上班。

그분은 신입 사원입니다 .
geu.bu.neun/si.nip/sa.wo.nim.ni.da
他是公司新職員。

직책이 무엇입니까 ?
jik.che*.gi/mu.o*.sim.ni.ga
你的職責是什麼？

여기는 내 사무실이에요 .
yo*.gi.neun/ne*/sa.mu.si.ri.e.yo
這裡是我的辦公室。

한 달에 550 만원쯤 벌어요 .
han/da.re/o.be*.go.sim.ma.nwon.jjeum/bo*.ro*.yo
一個月大約賺550萬韓幣。

그분이 지금 자리에 안 계시는데요 .
geu.bu.ni/ji.geum/ja.ri.e/an/gye.si.neun.de.yo
他現在不在位子上。

부장님은 지금 외출 중이십니다 .
bu.jang.ni.meun/ji.geum/we.chul/jung.i.sim.ni.da
部長現在外出了。

다음 주 뉴욕으로 출장 갈 겁니다 .
da.eum/ju/nyu.yo.geu.ro/chul.jang/gal/go*m.ni.da
下周我要去紐約出差。

담당자가 방금 나가셨어요 .
dam.dang.ja.ga/bang.geum/na.ga.syo*.sso*.yo
負責人剛才出去了。

그 사람이 여기 직원이 아니고 알바생이야 .
geu/sa.ra.mi/yo*.gi/ji.gwo.ni/a.ni.go/al.ba.se*ng.i.ya
他不是這裡的員工，是工讀生。

집에서 직장까지 얼마나 걸려요 ?
ji.be.so*/jik.jjang.ga.ji/o*l.ma.na/go*l.lyo*.yo
從家裡到公司要花多少時間？

집에서 직장까지 지하철로 40 분쯤 걸려요 .
ji.be.so*/jik.jjang.ga.ji/ji.ha.cho*l.lo/sa.sip.bun.
jjeum/go*l.lyo*.yo
從家裡到公司搭地鐵約花40分鐘。

주말에도 일해요 ?
ju.ma.re.do/il.he*.yo
你周末也要上班嗎？

지금 일하고 있어 ?
ji.geum/il.ha.go/i.sso*
你現在在工作嗎？

이번 주는 정말 바빴어요 .
i.bo*n/ju.neun/jo*ng.mal/ba.ba.sso*.yo
這週真的很忙。

직장을 옮기려고 해요 .
jik.jjang.eul/om.gi.ryo*.go/he*.yo
我打算換工作。

이 일을 그만두고 싶어요 .
i/i.reul/geu.man.du.go/si.po*.yo
我想把這個工作辭掉了。

이 일은 내 적성에 안 맞는 것 같아 .
i/i.reun/ne*/jo*k.sso*ng.e/an/man.neun/go*t/
ga.ta
這工作好像不適合我。

잘 부탁합니다 .
jal/bu.ta.kam.ni.da
拜託你了。

저야 말로 잘 부탁합니다 .
jo*.ya/mal.lo/jal/bu.ta.kam.ni.da
我才要拜託你了。

수고하세요 .
su.go.ha.se.yo
您辛苦了。

제가 회사 앞으로 가겠습니다 .
je.ga/hwe.sa/a.peu.ro/ga.get.sseum.ni.da
我過去公司前面。

이분은 제 동료인 최현우입니다 .
i.bu.neun/je/dong.nyo.in/chwe.hyo*.nu.im.ni.da
這位這我的同事崔賢祐。

여쭤보고 싶은 게 있습니다 .
yo*.jjwo.bo.go/si.peun/ge/it.sseum.ni.da
我有事想請教你。

말씀드릴 게 있는데요 .
mal.sseum.deu.ril/ge/in.neun.de.yo
我有事情跟您報告。

부탁 드릴 것이 있는데요 .
bu.tak/deu.ril/go*.si/in.neun.de.yo
我有事想拜託您。

다시 제게 연락해 주실 수 있습니까 ?
da.si/je.ge/yo*l.la.ke*/ju.sil/su/it.sseum.ni.ga
可以請您再跟我聯絡嗎？

나도 대기업에 들어가고 싶은데 좀 어려워요.

na.do/de*.gi.o*.be/deu.ro*.ga.go/si.peun.de/
jom/o*.ryo*.wo.yo

我也想進入大企業，可是有點難。

이젠 일을 해야 겠어요.

i.jen/i.reul/he*.ya/ge.sso*.yo

現在該來工作了。

출퇴근 시간이 어떻게 되죠?

chul.twe.geun/si.ga.ni/o*.do*.ke/dwe.jyo

上下班時間是怎樣的呢？

일하기 싫어요.

il.ha.gi/si.ro*.yo

我不想工作。

이제 퇴직할 때가 된 것 같아요.

i.je/twe.ji.kal/de*.ga/dwen/go*t.ga.ta.yo

現在好像可以退休了。

저와 같이 회사에 갑니까?

jo*.wa/ga.chi/hwe.sa.e/gam.ni.ga

你要和我一起去公司嗎？

이민호 씨가 회사를 그만두고 싶어해요.

i.min.ho/ssi.ga/hwe.sa.reul/geu.man.du.go/
si.po*.he*.yo

李敏鎬想辭職。

**월급도 적고 하는 일도 많아서 다른 직장을
찾고 싶어요 .**
wol.geup.do/jo*k.go/ha.neun/il.do/ma.na.so*/
da.reun/jik.jjang.eul/chat.go/si.po*.yo
薪水少，做得事情又多，所以想找別的工
作。

會話一

A : 일은 어때요? 할 만해요?
　　i.reun/o*.de*.yo//hal/man.he*.yo
　　工作怎麼樣？做得還行嗎？

B : 좀 바쁘지만 할 만해요.
　　jom/ba.beu.ji.man/hal/man.he*.yo
　　是有點忙，但還可以。

會話二

A : 무슨 일을 하십니까?
　　mu.seun/i.reul/ha.sim.ni.ga
　　您從事什麼工作呢？

B : 저는 공무원입니다.
　　jo*.neun/gong.mu.wo.nim.ni.da
　　我是公務員。
　　금융 회사에 다닙니다.
　　geu.myung/hwe.sa.e/da.nim.ni.da
　　我在金融公司上班。

會話四

A : 몇 시까지 일해요?
　　myo*t/si.ga.ji/il.he*.yo
　　你工作到幾點？

B : 저녁 여섯 시까지 일해요.
　　jo*.nyo*k/yo*.so*t/si.ga.ji/il.he*.yo
　　我工作到傍晚六點。
　　밤 아홉 시까지 일해.
　　bam/a.hop/si.ga.ji/il.he*
　　我工作到晚上九點。
　　오전 근무만 해요.
　　o.jo*n/geun.mu.man/he*.yo
　　我只上上午的班。

전화
jo*n.hwa
電話

여보세요.
yo*.bo.se.yo
喂？

누구를 찾으세요?
nu.gu.reul/cha.jeu.se.yo
您要找誰？

민준 씨가 집에 있어요?
min.jun/ssi.ga/ji.be/i.sso*.yo
民俊在家嗎？

엄마! 전화 왔어요.
o*m.ma//jo*n.hwa/wa.sso*.yo
媽！電話響了。

잘 안 들려요.
jal/an/deul.lyo*.yo
聽不清楚。

잘 들리세요?
jal/deul.li.se.yo
聽得清楚嗎？

전화 할게요 .
jo*n.hwa/hal.ge.yo
我再打電話給你。

내가 받을게요 .
ne*.ga/ba.deul.ge.yo
我來接電話。

이만 끊을게요 .
i.man/geu.neul.ge.yo
我先掛電話了。

받지 마세요 .
bat.jji/ma.se.yo
不要接電話。

전화를 안 받아요 .
jo*n.hwa.reul/an/ba.da.yo
沒有接電話。

경찰서에서 전화가 왔어요 .
gyo*ng.chal.sso*.e.so*/jo*n.hwa.ga/wa.sso*.yo
警察局打電話來了。

연결 상태가 안 좋아요 .
yo*n.gyo*l/sang.te*.ga/an/jo.a.yo
訊號不佳。

좀더 크게 말씀해 주세요 .
jom.do*/keu.ge/mal.sseum.he*/ju.se.yo
請講大聲一點。

전화번호가 바뀌었어요 .
jo*n.hwa.bo*n.ho.ga/ba.gwi.o*.sso*.yo
電話號碼換了。

제 사무실로 전화 주세요 .
je/sa.mu.sil.lo/jo*n.hwa/ju.se.yo
請你打電話到我的辦公室。

지역 번호가 몇 번이에요 ?
ji yo*k/bo*n.ho.ga/myo*t/bo*.ni.e.yo
地區號碼是幾號？

제가 나중에 다시 전화하겠습니다 .
je.ga/na.jung.e/da.si/jo*n.hwa.ha.get.sseum.
ni.da
我以後再打電話給您。

그분의 휴대폰으로 해 보세요 .
geu.bu.nui/hyu.de*.po.neu.ro/he*/bo.se.yo
你可以打電話到他的手機。

다른 연락 방법이 없을까요 ?
da.reun/yo*l.lak/bang.bo*.bi/o*p.sseul.ga.yo
沒有別的聯絡方式嗎？

차 부장님 좀 바꿔 주시겠어요 ?
cha/bu.jang.nim/jom/ba.gwo/ju.si.ge.sso*.yo
可以給車部長聽電話嗎？

근혜 씨하고 통화하고 싶어요 .
geun.hye/ssi.ha.go/tong.hwa.ha.go/si.po*.yo
我想跟槿惠通電話。

방금 전에 전화한 사람인데요 .
bang.geum/jo*.ne/jo*n.hwa.han/sa.ra.min.
de.yo
我是剛才打電話的人。

잠시만 기다리세요 .
jam.si.man/gi.da.ri.se.yo
請您等一下。

끊지 말고 기다리세요 .
geun.chi/mal.go/gi.da.ri.se.yo
請別掛斷電話稍等一會。

전화 주셔서 고맙습니다 .
jo*n.hwa/ju.syo*.so*/go.map.sseum.ni.da
謝謝您打電話過來。

잘못 거셨어요 .
jal.mot/go*.syo*.sso*.yo
您打錯電話了。

집에 가서 전화할게요 .
ji.be/ga.so*/jo*n.hwa.hal.ge.yo
我回家再打電話給你。

왜 전화는 계속 안 받아 ?
we*/jo*n.hwa.neun/gye.sok/an/ba.da
你怎麼一直不接電話？

난 태영 씨 전화번호를 몰라 .
nan/te*.yo*ng/ssi/jo*n.hwa.bo*n.ho.reul/mol.la
我不知道泰英的電話。

영화를 볼 때 핸드폰을 끄세요 .
yo*ng.hwa.reul/bol/de*/he*n.deu.po.neul/geu.
se.yo
看電影的時候，請把手機關機。

미안해요 . 휴대폰이 진동이라 못 들었어요 .
mi.an.he*.yo//hyu.de*.po.ni/jin.dong.i.ra/mot/
deu.ro*.sso*.yo
對不起，因為手機調震動，所以沒聽到。

핸드폰을 대여하려고 하는데요 .
he*n.deu.po.neul/de*.yo*.ha.ryo*.go/ha.neun.
de.yo
我想租借手機。

핸드폰 충전 다 되면 충전기 좀 빼줘요 .
he*n.deu.pon/chung.jo*n/da/dwe.myo*n/
chung.jo*n.gi/jom/be*.jwo.yo
手機充完電後，請拔掉充電器。

제가 전화 좀 써도 되겠어요 ?
je.ga/jo*n.hwa/jom/sso*.do/dwe.ge.sso*.yo
我可以借用你的電話嗎？

어디로 전화하시려고요 ?
o*.di.ro/jo*n.hwa.ha.si.ryo*.go.yo
您要打電話到哪裡？

이따가 다시 전화해요 .
i.da.ga/da.si/jo*n.hwa.he*.yo
等一下再打電話。

전화하신 분은 누구세요 ?
jo*n.hwa.ha.sin/bu.neun/nu.gu.se.yo
打電話來的人是哪位 ?

저 핸드폰 새로 샀어요 .
jo*/he*n.deu.pon/se*.ro/sa.sso*.yo
我新買手機了。

핸드폰 좀 빌려 주세요 . 제 건 배터리가 다 됐어요 .
he*n.deu.pon/jom/bil.lyo*/ju.se.yo//je/go*n/be*.
to*.ri.ga/da/dwe*.sso*.yo
請借我手機，我的電池沒電了。

會話一

A : 여보세요. 박 과장님과 통화하고 싶습니다.
yo*.bo.se.yo//bak/gwa.jang.nim.gwa/tong.
hwa.ha.go/sip.sseum.ni.da
喂，我想跟朴課長通電話。

B : 바로 접니다. 누구십니까?
ba.ro/jo*m.ni.da//nu.gu.sim.ni.ga
就是我，請問你是哪位 ?

A : 과장님, 안녕하세요. 전 대만 회사의 장동
건입니다.
gwa.jang.nim//an.nyo*ng.ha.se.yo//jo*n/
de*.man/hwe.sa.ui/jang.dong.go*.nim.
ni.da
課長您好，我是台灣公司的張東健。

會話二

A : 여보세요. 오빠야?
yo*.bo.se.yo//o.ba.ya
喂 ? 是哥哥嗎 ?

B : 어, 민정이니?
o*//min.jo*ng.i.ni
喔 ? 是敏靜嗎 ?
실례지만, 누구세요?
sil.lye.ji.man//nu.gu.se.yo
不好意思，請問你是哪位 ?

會話三

A : 핸드폰 번호가 몇 번이에요?
he*n.deu.pon/bo*n.ho.ga/myo*t/bo*.
ni.e.yo
你的手機號碼是幾號 ?

B : 내 번호는 010-468-9943이에요.
ne*/bo*n.ho.neun/gong.il.gong.e.sa.yuk.
pal/e.gu.gu.sa.sa.mi.e.yo
我的手機號碼是010-468 9943。

운전하기
un.jo*n.ha.gi
開車

저는 초보운전이에요 .
jo*.neun/cho.bo.un.jo*.ni.e.yo
我是開車新手。

나는 운전할 때마다 무서워요 .
na.neun/un.jo*n.hal/de*.ma.da/mu.so*.wo.yo
每次開車我都會怕。

여기에 주차하면 안 되죠 .
yo*.gi.e/ju.cha.ha.myo*n/an/dwe.jyo
不可以在這裡停車。

맞은편에 큰 주차장이 있어요 .
ma.jeun.pyo*.ne/keun/ju.cha.jang.i/i.sso*.yo
對面有一個大型停車場。

방금 쇼핑몰 지났어요 .
bang.geum/syo.ping.mol/ji.na.sso*.yo
剛才經過購物中心了。

길을 잃은 것 같아요 .
gi.reul/i.reun/go*t/ga.ta.yo
好像迷路了。

차로 거기 가는데 얼마나 걸려요 ?
cha.ro/go*.gi/ga.neun.de/o*l.ma.na/go*l.lyo*.yo
開車到那裡要花多少時間？

약 40 분정도 걸려요 .
yak/sa.sip.bun.jo*ng.do/go*l.lyo*.yo
大概要花四十分鐘左右。

길이 막혔어요 .
gi.ri/ma.kyo*.sso*.yo
塞車了。

내 차 타고 가자 .
ne*/cha.ta.go/ga.ja
搭我的車去吧。

여기서 내려 주세요 .
yo*.gi.so*/ne*.ryo*/ju.se.yo
請讓我在這裡下車。

지금 출퇴근 시간이라서 길이 막혀요 .
ji.geum/chul.twe.geun/si.ga.ni.ra.so*/gi.ri/
ma.kyo*.yo
因為現在是上下班時間，所以塞車。

그냥 고속도로로 가는 게 더 빨라요 .
geu.nyang/go.sok.do.ro.ro/ga.neun/ge/do*/bal.
la.yo
直接走高速公路去更快。

파란불이 켜질 때까지 기다려요 .
pa.ran.bu.ri/kyo*.jil/de*.ga.ji/gi.da.ryo*.yo
請你等到綠燈亮起為止。

빨간 신호등을 무시하지 마요 .
bal.gan/sin.ho.deung.eul/mu.si.ha.ji/ma.yo
請勿無視紅燈的存在。

근처에 주유소가 있나요 ?
geun.cho*.e/ju.yu.so.ga/in.na.yo
附近有加油站嗎 ?

기름을 가득 넣어 주세요 .
gi.reu.meul/ga.deuk/no*.o*/ju.se.yo
油請幫我加滿。

타 . 내가 태워 줄게 .
ta//ne*.ga/te*.wo/jul.ge
上車，我載你。

학교까지 좀 태워 주세요 .
hak.gyo.ga.ji/jom/te*.wo/ju.se.yo
請送我到學校。

창문 좀 열어도 돼요 ?
chang.mun/jom/yo*.ro*.do/dwe*.yo
我可以開窗戶嗎 ?

안전벨트를 꼭 착용합시다 .
an.jo*n.bel.teu.reul/gok/cha.gyong.hap.ssi.da
我們一定要繫安全帶。

차선 잘못 들어섰어요 .
cha.so*n/jal.mot/deu.ro*.so*.sso*.yo
走錯車道了。

지도 있어요 ?
ji.do/i.sso*.yo
有地圖嗎 ?

삼거리에서 오른쪽으로 가세요 .
sam.go*.ri.e.so*/o.reun.jjo.geu.ro/ga.se.yo
請在三叉路口右轉。

사거리에서 왼쪽으로 가세요 .
sa.go*.ri.e.so*/wen.jjo.geu.ro/ga.se.yo
請在十字路口左轉。

직진하세요 .
jik.jjin.ha.se.yo
請直走。

좌회전하세요 .
jwa.hwe.jo*n.ha.se.yo
請左轉。

우회전하세요 .
u.hwe.jo*n.ha.se.yo
請右轉。

會話一

A : 거기로 가는 가장 좋은 방법은 뭐야?
go*.gi.ro/ga.neun/ga.jang/jo.eun/bang.
bo*.beun/mwo.ya
去那裡最好的方法是什麼 ?

B : 차로 가는 게 제일 편하지.
cha.ro/ga.neun/ge/je.il/pyo*n.ha.ji
開車去最方便囉 !

會話二

A : 출발하겠습니다.
chul.bal.ha.get.sseum.ni.da
要出發了。

B : 제가 좀 급해서 빨리 가 주세요.
je.ga/jom/geu.pe*.so*/bal.li/ga/ju.se.yo
我有點急，請您開快一點。

A : 네, 지름길로 갈게요.
ne//ji.reum.gil.lo/gal.ge.yo
好的，我走捷徑。

B : 고맙습니다.
go.map.sseum.ni.da
謝謝您！

대중교통
de*.jung.gyo.tong
大眾交通

지하철 역이 어느 쪽이죠 ?
ji.ha.cho*l/yo*.gi/o*.neu/jjo.gi.jyo
請問地鐵站在哪一邊呢？

가장 가까운 지하철 역이 어디죠 ?
ga.jang/ga.ga.un/ji.ha.cho*l/yo*.gi/o*.di.jyo
最近的地鐵站在哪裡呢？

지하철이 복잡합니다 .
ji.ha.cho*.ri/bok.jja.pam.ni.da
地鐵很複雜。

다음 역이 동대문입니까 ?
da.eum/yo*.gi/dong.de*.mu.nim.ni.ga
下一站是東大門嗎？

몇 정거장 더 가면 돼요 ?
myo*t/jo*ng.go*.jang/do*/ga.myo*n/dwe*.yo
還要幾站呢？

지하철 역에는 안내소가 있어요 .
ji.ha.cho*l/yo*.ge.neun/an.ne*.so.ga/i.sso*.yo
地鐵站裡有服務台。

지하철 노선도를 주십시오 .
ji.ha.cho*l/no.so*n.do.reul/jju.sip.ssi.o
請給我地鐵路線圖。

서울역에서 1 호선을 타세요 .
so*.ul.lyo*.ge.so*/il.ho.so*.neul/ta.se.yo
請你在首爾站搭1號線。

지하철 말고 택시 타고 가요 .
ji.ha.cho*l/mal.go/te*k.ssi/ta.go/ga.yo
你別搭地鐵，搭計程車去吧。

롯데백화점에 가려면 몇 번 출구로 나가야 하나요 ?
rot.de.be*.kwa.jo*.me/ga.ryo*.myo*n/myo*t/bo*n/chul.gu.ro/na.ga.ya/ha.na.yo
我想去樂天百貨公司，應該從幾號出口出去呢？

회기역으로 가려면 몇 호선을 타야 하나요 ?
hwe.gi.yo*.geu.ro/ga.ryo*.myo*n/myo*t/ho.so*.neul/ta.ya/ha.na.yo
我想去回基站，應該搭幾號線呢？

교통카드 어디서 구입해요 ?
gyo.tong.ka.deu/o*.di.so*/gu.i.pe*.yo
交通卡在哪裡買呢？

티머니 충전은 어디서 할 수 있나요 ?
ti.mo*.ni/chung.jo*.neun/o*.di.so*/hal.ssu/in.na.yo
T-money可以在哪裡儲值呢？

지하철 몇 번 출구예요 ?
ji.ha.cho*l/myo*t/bo*n/chul.gu.ye.yo
是地鐵幾號出口呢？

지금 버스 타고 회사에 가는 중이에요 .
ji.geum/bo*.seu/ta.go/hwe.sa.e/ga.neun/jung.
i.e.yo
我現在正搭公車去上班的路上。

반대 방향에서 타세요 .
ban.de*/bang.hyang.e.so*/ta.se.yo
請到對面搭車。

도착하면 알려 주시겠어요 ?
do.cha.ka.myo*n/al.lyo*/ju.si.ge.sso*.yo
到了可以告訴我嗎？

이 좌석은 비어 있나요 ?
i/jwa.so*.geun/bi.o*/in.na.yo
這個座位沒人坐嗎？

신촌까지 얼마입니까 ?
sin.chon.ga.ji/o*l.ma.im.ni.ga
到新村要多少錢？

10 분만 기다려 . 지금 거기로 걸어가고 있어 .
sip.bun.man/gi.da.ryo*//ji.geum/go*.gi.ro/go*.
ro*.ga.go/i.sso*
等我10分鐘，我現在正走路過去。

아침에 버스를 잘못 탔어요 .
a.chi.me/bo*.seu.reul/jjal.mot/ta.sso*.yo
早上我搭錯公車了。

버스에서 내리기 전에 하차벨을 눌렀어요 .
bo*.seu.e.so*/ne*.ri.gi/jo*.ne/ha.cha.be.reul/
nul.lo*.sso*.yo
下公車之前，按了下車鈴。

아저씨 , 제가 내려야 할 곳을 지나쳤어요 .
a.jo*.ssi//je.ga/ne*.ryo*.ya/hal.go.seul/jji.
na.cho*.sso*.yo
大叔，我錯過要下車的地方了。

자리를 임신부에게 양보했어요 .
ja.ri.reul/im.sin.bu.e.ge/yang.bo.he*.sso*.yo
我把位子禮讓給孕婦了。

버스가 갑자기 출발해서 넘어졌어요 .
bo*.seu.ga/gap.jja.gi/chul.bal.he*.sso*/no*.
mo*.jo*.sso*.yo
因為公車突然出發，所以我跌倒了。

우리 버스를 타고 선생님 댁에 갑시다 .
u.ri/bo*.seu.reul/ta.go/so*n.se*ng.nim/de*.ge/
gap.ssi.da
我們搭公車去老師的家吧。

버스를 기다리는데 버스가 안 와요 .
bo*.seu.reul/gi.da.ri.neun.de/bo*.seu.ga/an/
wa.yo
等公車，但公車沒來。

더 빠른 열차는 없어요 ?
do*/ba.reun/yo*l.cha.neun/o*p.sso*.yo
沒有更快一點的列車嗎？

다음 열차는 몇 시에 있습니까 ?
da.eum/yo*l.cha.neun/myo*t/si.e/it.sseum.
ni.ga
下一台列車是幾點？

부산행 기차는 몇 번 승강장에서 출발해요 ?
bu.san.he*ng/gi.cha.neun/myo*t/bo*n/seung.
gang.jang.e.so*/chul.bal.he*.yo
往釜山的火車是在幾號月台出發？

이 열차는 대구행 맞습니까 ?
i/yo*l.cha.neun/de*.gu.he*ng/mat.sseum.ni.ga
這台列車是往大邱的沒錯嗎？

기차가 15 분 연착합니다 .
gi.cha.ga/si.bo.bun/yo*n.cha.kam.ni.da
火車誤點15分鐘。

기차역에 어떻게 가요 ?
gi.cha.yo*.ge/o*.do*.ke/ga.yo
怎麼去火車站呢？

여기서 KTX 타고 부산까지 갈 수 있어요 ?
yo*.gi.so*/ktx.ta.go/bu.san.ga.ji/gal.ssu/i.sso*.
yo
可以在這裡搭KTX到釜山嗎？

會話一

A : 어느 역에서 갈아타야 해요?
o*.neu/yo*.ge.so*/ga.ra.ta.ya/he*.yo
我應該在哪一站換車呢？

生活 221
篇

B：서울역에서 갈아타세요.
so*.ul.lyo*.ge.so*/ga.ra.ta.se.yo
請你在首爾站換車。

會話二

A：저기... 죄송하지만 여기는 제 자리인데요.
jo*.gi//jwe.song.ha.ji.man/yo*.gi.neun/je/
ja.ri.in.de.yo
那個…對不起，這裡是我的位子。

B：아, 그렇습니까? 죄송합니다.
a//geu.ro*.sseum.ni.ga//jwe.song.ham.
ni.da
啊！是嗎？對不起！

길 묻기
gil/mut.gi
問路

실례지만 길 좀 물어도 될까요 ?
sil.lye.ji.man/gil/jom/mu.ro*.do/dwel.ga.yo
不好意思，可以問路嗎？

길을 가르쳐 주서서 감사합니다 .
gi.reul/ga.reu.cho*/ju.syo*.so*/gam.sa.ham.
ni.da
謝謝你為我指路。

인사동까지 가는 가장 빠른 방법이 뭐죠 ?
in.sa.dong.ga.ji/ga.neun/ga.jang/ba.reun/bang.
bo*.bi/mwo.jyo
去仁寺洞最快的方法是什麼？

지하철을 타는 게 제일 빠릅니다 .
ji.ha.cho*.reul/ta.neun/ge/je.il/ba.reum.ni.da
搭地鐵最快。

다섯 정거장 후에 내리세요 .
da.so*t/jo*ng.go*.jang/hu.e/ne*.ri.se.yo
搭五站之後再下車。

병원이 어디예요 ?
byo*ng.wo.ni/o*.di.ye.yo
醫院在哪裡呢？

이 근처에 편의점이 있나요 ?
i/geun.cho*.e/pyo*.nui.jo*.mi/in.na.yo
這附近有便利商店嗎 ?

저도 거기 가는 길을 모르는데 어쩌죠 ?
jo*.do/go*.gi/ga.neun/gi.reul/mo.reu.neun.de/
o*.jjo*.jyo
我也不知道怎麼去那裡，怎麼辦呢 ?

제가 성균관대학교로 가고 있는 거 맞죠 ?
je.ga/so*ng.gyun.gwan.de*.hak.gyo.ro/ga.go/
in.neun/go*/mat.jjyo
我正朝著成均館大學的路走對吧 ?

여기서 외대앞역까지 어떻게 가요 ?
yo*.gi.so*/we.de*.a.pyo*k.ga.ji/o*.do*.ke/ga.yo
怎麼從這裡去外大前站呢 ?

어디가 북쪽이죠 ?
o*.di.ga/buk.jjo.gi.jyo
哪裡是北邊呢 ?

거기까지는 얼마나 멀어요 ?
go*.gi.ga.ji.neun/o*l.ma.na/mo*.ro*.yo
到那裡有多遠呢 ?

이 주소가 어딘지 아세요 ?
i/ju.so.ga/o*.din.ji/a.se.yo
您知道這個地址在哪裡嗎 ?

저도 여기를 잘 몰라요 .
jo*.do/yo*.gi.reul/jjal/mol.la.yo
我也對這裡不太熟。

제가 길을 잃은 거 같습니다 .
je.ga/gi.reul/i.reun/go*/gat.sseum.ni.da
我好像迷路了。

방향 좀 물어도 될까요 ?
bang.hyang/jom/mu.ro*.do/dwel.ga.yo
我可以問問方向嗎？

죄송해요 . 저도 이곳은 처음이에요 .
jwe.song.he*.yo//jo*.do/i.go.seun/cho*.eu.mi.
e.yo
對不起，我也是第一次來這裡。

이 가게까지 가는 길을 못 찾겠어요 .
i/ga.ge.ga.ji/ga.neun/gi.reul/mot/chat.ge.sso*.
yo
我找不到去這家商店的路。

다음 사거리에서 왼쪽으로 가세요 .
da.eum/sa.go*.ri.e.so*/wen.jjo.geu.ro/ga.se.yo
請在下一個十字路口左轉。

길을 건너세요 .
gi.reul/go*n.no*.se.yo
請過馬路。

다리를 건너세요 .
da.ri.reul/go*n.no*.se.yo
請過橋。

표지판을 따라 가면 돼요 .
pyo.ji.pa.neul/da.ra/ga.myo*n/dwe*.yo
沿著標示牌走就行了。

신호등 두 개를 지나 가세요 .
sin.ho.deung/du/ge*.reul/jji.na/ga.se.yo
請你過兩個紅綠燈。

신호등까지 가서서 오른쪽으로 가세요 .
sin.ho.deung.ga.ji/ga.syo*.so*/o.reun.jjo.geu.
ro/ga.se.yo
請您一直走到紅綠燈那裡再右轉。

슈퍼마켓 건너편에 있어요 .
syu.po*.ma.ket/go*n.no*.pyo*.ne/i.sso*.yo
在超市的對面。

서점 옆에 있습니다 .
so*.jo*m/yo*.pe/it.sseum.ni.da
在書店的旁邊。

우체국 뒤에 있는데요 .
u.che.guk/dwi.e/in.neun.de.yo
在郵局的後面。

영화관은 쇼핑몰 안에 있어요 .
yo*ng.hwa.gwa.neun/syo.ping.mol/a.ne/i.sso*.
yo
電影院在購物中心裡面。

흡연실은 어디에 있어요 ?
heu.byo*n.si.reun/o*.di.e/i.sso*.yo
請問吸菸室在哪裡？

왼쪽 방향입니다 .
wen.jjok/bang.hyang.im.ni.da
是左邊的方向。

지금 여기가 어디쯤이죠 ?
ji.geum/yo*.gi.ga/o*.di.jjeu.mi.jyo
現在這裡是什麼地方 ?

저는 어느 방향으로 가야 합니까 ?
jo*.neun/o*.neu/bang.hyang.eu.ro/ga.ya/ham.
ni.ga
我該往哪個方向走 ?

지름길이 있습니까 ?
ji.reum.gi.ri/it.sseum.ni.ga
有捷徑嗎 ?

우회전입니까 , 좌회전입니까 ?
u.hwe.jo*.nim.ni.ga/jwa.hwe.jo*.nim.ni.ga
右轉還是左轉 ?

많이 걸어야 돼요 ?
ma.ni/go*.ro*.ya/dwe*.yo
要走很久嗎 ?

찾기 쉬운가요 ?
chat.gi/swi.un.ga.yo
很容易找嗎 ?

會話一

A : 골프용품 매장을 찾고 있는데 몇 층에 있습
니까?
gol.peu.yong.pum/me*.jang.eul/chat.go/
in.neun.de/myo*t/cheung.e/it.sseum.ni.ga
我在找高爾夫用品賣場，在幾樓呢 ?

B : 골프용품 매장은 6층에 있습니다.
gol.peu.yong.pum/me*.jang.eun/yuk.
cheung.e/it.sseum.ni.da
高爾夫用品賣場在六樓。

會話二

A : 실례합니다. 이 근처에 영화관이 있죠? 어
떻게 가요?
sil.lye.ham.ni.da/i/geun.cho*.e/yo*ng.
hwa.gwa.ni/it.jjyo//o*.do*.ke/ga.yo
不好意思，這附近有電影院吧？怎麼
去呢？

B : 네, 이 길을 따라 가면 삼거리가 나와요.
ne/i/gi.reul/da.ra/ga.myo*n/sam.go*.ri.ga/
na.wa.yo
是的，延著這條路走，會看到三叉路
口。

B : 삼거리에서 오른쪽으로 가세요.
sam.go*.ri.e.so*/o.reun.jjo.geu.ro/ga.se.
yo
在三叉路口右轉。

B : 거기에 아주 큰 쇼핑몰 있는데 영화관은 바
로 옆에 있어요.
go*.gi.e/a.ju/keun/syo.ping.mol/in.neun.
de/yo*ng.hwa.gwa.neun/ba.ro/yo*.pe/
i.sso*.yo
那裡有很大間的購物中心，電影院就
在旁邊。

B : 쉽게 찾으실 수 있을 거예요.
swip.ge/cha.jeu.sil/su/i.sseul/go*.ye.yo
你很容易就會找到的。

A：자세히 알려 주셔서 정말 감사합니다.
ja.se.hi/al.lyo*/ju.syo*.so*/jo*ng.mal/gam.
sa.ham.ni.da
謝謝你這麼詳細地告訴我怎麼走。

方向

이리	i.ri	這邊
저리	jo*.ri	那邊
여기	yo*.gi	這裡
거기	go*.gi	那裡（近稱）
저기	jo*.gi	那裡（遠稱）
이쪽	i.jjok	這邊
그쪽	geu.jjok	那邊
저쪽	jo*.jjok	那邊
중간	jung.gan	中間
앞	ap	前
뒤	dwi	後
옆	yo*p	旁邊
위	wi	上
아래	a.re*	下
왼쪽	wen.jjok	左
오른쪽	o.reun.jjok	右
안	an	內
밖	bak	外
북	buk	北
남	nam	南
동	dong	東
서	so*	西

놀러 가기
nol.lo*/ga.gi
出遊

例句

여기의 야경은 정말 아름답네요 .
yo*.gi.ui/ya.gyo*ng.eun/jo*ng.mal/a.reum.dam.
ne.yo
這裡的夜景真美呢！

하루 안에 이 도시를 둘러보고 싶어요 .
ha.ru/a.ne/i/do.si.reul/dul.lo*.bo.go/si.po*.yo
我想在一天之內把這個都市逛完。

어떤 곳을 구경하고 싶습니까 ?
o*.do*n/go.seul/gu.gyo*ng.ha.go/sip.sseum.
ni.ga
你想參觀什麼地方呢？

여기 최고의 관광 명소는 어디죠 ?
yo*.gi/chwe.go.ui/gwan.gwang/myo*ng.
so.neun/o*.di.jyo
這裡最棒的觀光景點在哪裡？

서울에는 볼 거리가 많아요 .
so*.u.re.neun/bol/go*.ri.ga/ma.na.yo
首爾可以逛的地方很多。

부산은 한 번쯤 가불 만한 곳이죠 .
bu.sa.neun/han/bo*n.jjeum/ga.bol/man.han/
go.si.jyo
釜山是值得去逛逛的地方。

관광 안내 정보를 얻으려고 합니다 .
gwan.gwang/an.ne*/jo*ng.bo.reul/o*.deu.ryo*.
go/ham.ni.da
我想領取觀光指南資料。

가 불 만한 곳을 알려 주세요 .
ga/bol/man.han/go.seul/al.lyo*/ju.se.yo
請告訴我值得一去的地方。

대만에 오신 것을 환영합니다 .
de*.ma.ne/o.sin/go*.seul/hwa.nyo*ng.ham.
ni.da
歡迎你來台灣。

내가 기차로 가겠어요 .
ne*.ga/gi.cha.ro/ga.ge.sso*.yo
我搭火車過去。

여기에 계시는 동안 즐거웠어요 ?
yo*.gi.e/gye.si.neun/dong.an/jeul.go*.wo.sso*.
yo
待在這裡的期間還開心嗎？

며칠 더 있다 가면 안 돼요 ?
myo*.chil/do*/it.da/ga.myo*n/an/dwe*.yo
你不能多待幾天再走嗎？

거기까지는 요금이 얼마예요 ?
go*.gi.ga.ji.neun/yo.geu.mi/o*l.ma.ye.yo
去到那裡的費用是多少錢？

사진 찍어 주세요 .
sa.jin/jji.go*/ju.se.yo
請幫我拍照。

내가 공항까지 배웅할게요 .
ne*.ga/gong.hang.ga.ji/be*.ung.hal.ge.yo
我送你到機場。

싼 항공권이 있어요 ?
ssan/hang.gong.gwo/ni/i.sso*.yo
有便宜的飛機票嗎？

제주도에 가는 왕복표를 예약하려고 해요 .
je.ju.do.e/ga.neun/wang.bok.pyo.reul/ye.ya.ka.ryo*.go/he*.yo
我想訂去濟州島的來回機票。

어느 날짜에 출발하실 거예요 ?
o*.neu/nal.jja.e/chul.bal.ha.ssil/go*.ye.yo
您是要在哪一天出發呢？

유람선은 어디서 타나요 ?
yu.ram.so*.neun/o*.di.so*/ta.na.yo
遊覽船在哪裡搭乘？

전 뱃멀미를 해요 . 약 있어요 ?
jo*n/be*n.mo*l.mi.reul/he*.yo//yak/i.sso*.yo
我暈船了，有藥嗎？

남산공원에 가 보셨어요 ?
nam.san.gong.wo.ne/ga/bo.syo*.sso*.yo
你去過南山公園嗎？

설악산은 어디에 있습니까 ?
so*.rak.ssa.neun/o*.di.e/it.sseum.ni.ga
雪嶽山在哪裡？

내가 엽서를 보내 줄게요 .
ne*.ga/yo*p.sso*.reul/bo.ne*/jul.ge.yo
我會寄明信片給你。

친구는 휴가 때 여행을 가요 .
chin.gu.neun/hyu.ga/de*/yo*.he*ng.eul/ga.yo
朋友休假時去旅行。

유명한 경복궁을 구경하려고 합니다 .
yu.myo*ng.han/gyo*ng.bok.gung.eul/
gu.gyo*ng.ha.ryo*.go/ham.ni.da
我想參觀有名的景福宮。

한국에서 가장 인상 깊었던 것이 뭐예요 ?
han.gu.ge.so*/ga.jang/in.sang/gi.po*t.do*n/go*.
si/mwo.ye.yo
在韓國印象最深刻的是什麼？

시간이 없기 때문에 여행을 갈 수 없어요 .
si.ga.ni/o*p.gi/de*.mu.ne/yo*.he*ng.eul/gal/
ssu/o*p.sso*.yo
因為沒有時間，所以沒辦法去旅行。

여행 가려고 하는데 어디로 가면 좋을까요?
yo*.he*ng.ga.ryo*.go/ha.neun.de/o*.di.ro/
ga.myo*n/jo.eul.ga.yo
我想去旅行，去哪裡好呢？

한국 여행은 재미있었습니다.
han.guk/yo*.he*ng.eun/je*.mi.i.sso*t.sseum.
ni.da
韓國旅行很好玩。

그건 저의 첫 여행이었습니다.
geu.go*n/jo*.ui/cho*t/yo*.he*ng.i.o*t.sseum.
ni.da
那是我第一次的旅行。

정말 아름다운 경치군요.
jo*ng.mal/a.reum.da.un/gyo*ng.chi.gu.nyo
風景真美呢！

우리 해수욕장에 갈까요?
u.ri/he*.su.yok.jjang.e/gal.ga.yo
我們去海水浴場，好嗎？

거기서 수영할 수 있어요?
go*.gi.so*/su.yo*ng.hal/ssu/i.sso*.yo
那裡可以游泳嗎？

會話一

A : 어린이 요금은 얼마예요?
　　o*.ri.ni/yo.geu.meun/o*l.ma.ye.yo
　　兒童的費用是多少？

B : 1500원입니다.
cho*.no.be*.gwo.nim.ni.da
1500韓圜。
키가 100센티 이하는 무료입니다.
ki.ga/be*k.ssen.ti/i.ha.neun/mu.ryo.im.ni.
da
身高在100公分以內的免費。

會話二

A : 몇 시 비행기로 와요?
myo*t/si/bi.he*ng.gi.ro/wa.yo
你要搭幾點的飛機來？

B : 아침 9 시 비행기로 가요. 점심 때쯤 도착
해요.
a.chim/a.hop/si/bi.he*ng.gi.ro/ga.yo//jo*m.
sim/de*.jjeum/do.cha.ke*.yo
我搭早上九點的飛機去。大概中午的
時候抵達。

운동
un.dong
運動

운동은 다이어트에 중요합니다 .
un.dong.eun/da.i.o*.teu.e/jung.yo.ham.ni.da
運動對減肥很重要。

난 농구를 잘해요 .
nan/nong.gu.reul/jjal.he*.yo
我很會打籃球。

평소에 무슨 운동을 해요 ?
pyo*ng.so.e/mu.seun/un.dong.eul/he*.yo
你平時會做什麼運動？

시간 나면 테니스를 쳐요 .
si.gan/na.myo*n/te.ni.seu.reul/cho*.yo
有時間我會打網球。

난 탁구를 제일 좋아하는데 , 넌 어때 ?
nan/tak.gu.reul/jje.il/jo.a.ha.neun.de//no*n/
o*.de*
我最喜歡打乒乓球，你呢？

제가 제일 좋아하는 스포츠는 야구입니다 .
je.ga/je.il/jo.a.ha.neun/seu.po.cheu.neun/
ya.gu.im.ni.da
我最喜歡的體育項目是棒球。

넌 오늘 퇴근 후에 야구할 수 있어 ?
no*n/o.neul/twe.geun.hu.e/ya.gu.hal/ssu/i.sso*
你今天下班後可以打棒球嗎 ?

당구를 못해요 .
dang.gu.reul/mo.te*.yo
我不會打撞球。

골프 할 줄 알아요 ?
gol.peu/hal/jjul/a.ra.yo
你會打高爾夫嗎 ?

아니요 . 골프 할 줄 몰라요 .
a.ni.yo//gol.peu/hal/jjul/mol.la.yo
不，我不會打高爾夫。

토요일에 이웃 사람들이랑 테니스를 해요 .
to.yo.i.re/i.ut/sa.ram.deu.ri.rang/te.ni.seu.reul/
he*.yo
星期六會跟鄰居們一起打網球。

스키를 타 본 적이 있어요 ?
seu.ki.reul/ta/bon/jo*.gi/i.sso*.yo
你有滑過雪嗎 ?

운동하는 것이 좋아요 .
un.dong.ha.neun/go*.si/jo.a.yo
我喜歡運動。

나는 일주일에 한 번 조깅을 해요 .
na.neun/il.ju.i.re/han/bo*n/jo.ging.eul/he*.yo
我一周會慢跑一次。

어제 저 혼자서 등산 갔어요 .
o*.je/jo*/hon.ja.so*/deung.san/ga.sso*.yo
昨天我一個人去爬山了。

수영을 잘 못합니다 .
su.yo*ng.eul/jjal/mo.tam.ni.da
我不太會游泳。

집 근처에 수영장이 하나 있습니다 .
jip/geun.cho*.e/su.yo*ng.jang.i/ha.na/it.sseum.
ni.da
家裡附近有一個游泳池。

운동 전 스트레칭 정말 중요합니다 .
un.dong/jo*n/seu.teu.re.ching/jo*ng.mal/jjung.
yo.ham.ni.da
運動前的伸展運動很重要。

꾸준한 운동이 매우 중요해요 .
gu.jun.han/un.dong.i/me*.u/jung.yo.he*.yo
勤奮的運動很重要。

운동하는 습관을 만들어라 .
un.dong.ha.neun/seup.gwa.neul/man.deu.ro*.
ra
要有運動的習慣。

공부는 잘하는데 운동을 못 해요 .
gong.bu.neun/jal.ha.neun.de/un.dong.eul/mot/
he*.yo
很會讀書，但不會運動。

그는 운동장에 가고 그녀는 도서관에 간다 .
geu.neun/un.dong.jang.e/ga.go/geu.nyo*.
neun/do.so*.gwa.ne/gan.da
他去運動場，她去圖書館。

주말에 같이 등산이나 할까요 ?
ju.ma.re/ga.chi/deung.sa.ni.na/hal.ga.yo
週末要不要一起去爬山？

난 조깅 , 등산 , 테니스를 좋아해요 .
nan/jo.ging//deung.san//te.ni.seu.reul/jjo.a.he*.
yo
我喜歡跑步、爬山和打網球。

전 꾸준히 운동을 합니다 .
jo*n/gu.jun.hi/un.dong.eul/ham.ni.da
我努力運動。

함께 운동하는 게 어때요 ?
ham.ge/un.dong.ha.neun/ge/o*.de*.yo
我們一起運動，好嗎？

배드민턴을 잘 칩니까 ?
be*.deu.min.to*.neul/jjal/chim.ni.ga
你羽毛球打的好嗎？

會話一

A : 골프에 관심이 있나요?
gol.peu.e/gwan.si.mi/in.na.yo
你對高爾夫感興趣嗎？

B：아니요, 골프보다 야구에 더 관심이 많아
요.
a.ni.yo//gol.peu.bo.da/ya.gu.e/do*/gwan.
si.mi/ma.na.yo
不，比起高爾夫，我對棒球更有興
趣。

會話二

A：어제 경기는 3대2로 이겼어요.
o*.je/gyo*ng.gi.neun/sam.de*.i.ro/i.gyo*.
sso*.yo
昨天的比賽三比二獲勝了。

B：그럼 우리 팀이 일등 했나요?
geu.ro*m/u.ri/ti.mi/il.deung/he*n.na.yo
那我們的隊伍拿第一名嗎？

A：응, 선생님이 너무 좋아서 눈물까지 흘리셨
어.
eung//so*n.se*ng.ni.mi/no*.mu/jo.a.so*/
nun.mul.ga.ji/heul.li.syo*.sso*
恩，老師高興到都哭了。

취미 생활
chwi.mi/se*ng.hwal
業餘愛好

例句

특별히 잘하는 게 있어요?
teuk.byo*l.hi/jal.ha.neun/ge/i.sso*.yo
你有特別擅長做的事嗎?

주말엔 집에서 쉬는 게 좋아요.
ju.ma.ren/ji.be.so*/swi.neun/ge/jo.a.yo
周末我喜歡在家裡休息。

여가 시간에 뭐 해요?
yo*.ga/si.ga.ne/mwo/he*.yo
空暇時間你會做什麼?

놀러가고 싶으면 주로 어디로 가요?
nol.lo*.ga.go/si.peu.myo*n/ju.ro/o*.di.ro/ga.yo
想出去玩的話,你一般會去哪裡呢?

나는 골동품을 수집해요.
na.neun/gol.dong.pu.meul/ssu.ji.pe*.yo
我在收集古董。

소설책에 푹 빠졌어요.
so.so*l.che*.ge/puk/ba.jo*.sso*.yo
我愛上看小說了。

같이 낚시를 하러 가요 .
ga.chi/nak.ssi.reul/ha.ro*/ga.yo
一起去釣魚吧。

저는 극장에 자주 갑니다 .
jo*.neun/geuk.jjang.e/ja.ju/gam.ni.da
我很常去電影院。

액션 영화를 즐겨 봐요 .
e*k.ssyo*n/yo*ng.hwa.reul/jjeul.gyo*/bwa.yo
我喜歡看動作片。

한 달에 두 번 정도 영화 보러 가죠 .
han/da.re/du/bo*n/jo*ng.do/yo*ng.hwa/bo.ro*/
ga.jyo
我一個月會去看兩次左右的電影。

그림을 정말 잘 그리시군요 .
geu.ri.meul/jjo*ng.mal/jjal/geu.ri.si.gu.nyo
您真的很會畫圖呢！

콘서트 보러 가는 걸 좋아해요 .
kon.so*.teu/bo.ro*/ga.neun/go*l/jo.a.he*.yo
我喜歡去看演唱會。

정치 쪽에 관심이 많아요 .
jo*ng.chi/jjo.ge/gwan.si.mi/ma.na.yo
我對政治那方面很感興趣。

춤 추는 걸 좋아합니다 .
chum/chu.neun/go*l/jo.a.ham.ni.da
我喜歡跳舞。

제 취미는 사진 찍기입니다 .
je/chwi.mi.neun/sa.jin/jjik.gi.im.ni.da
我的興趣是拍照。

난 미술에 관심 없어요 .
nan/mi.su.re/gwan.sim/o*p.sso*.yo
我對美術沒有興趣。

한가할 때 보통 집에서 게임을 하죠 .
han.ga.hal/de*/bo.tong/ji.be.so*/ge.i.meul/
ha.jyo
悠閒的時候，通常會在家裡玩遊戲。

어떤 음악을 좋아하세요 ?
o*.do*n/eu.ma.geul/jjo.a.ha.se.yo
您喜歡什麼樣的音樂呢？

악기 연주하기를 좋아해요 .
ak.gi/yo*n.ju.ha.gi.reul/jjo.a.he*.yo
我喜歡演奏樂器。

피아노는 조금 쳐요 .
pi.a.no.neun/jo.geum/cho*.yo
我會彈一點鋼琴。

저는 외국어 공부에 대한 관심을 가지고 있
어요 .
jo*.neun/we.gu.go*/gong.bu.e/de*.han/gwan.
si.meul/ga.ji.go/i.sso*.yo
我對外語學習感興趣。

저는 요리하는 것을 좋아합니다 .
jo*.neun/yo.ri.ha.neun/go*.seul/jjo.a.ham.ni.da
我喜歡做菜。

요즘 한국 역사에 대한 책을 읽고 있어요 .
yo.jeum/han.guk/yo*k.ssa.e/de*.han/che*.geul/
il.go/i.sso*.yo
最近我在讀有關韓國歷史的書。

한국 드라마는 매우 재미있어요 .
han.guk/deu.ra.ma.neun/me*.u/je*.mi.i.sso*.yo
韓國連續劇很好看。

주말에는 주로 남자친구를 만나요 .
ju.ma.re.neun/ju.ro/nam.ja.chin.gu.reul/man.
na.yo
周末一般會見男朋友。

會話一

A : 취미가 뭐예요?
chwi.mi.ga/mwo.ye.yo
你的興趣是什麼?

B : 여행입니다.
yo*.he*ng.im.ni.da
旅行。
독서예요.
dok.sso*.ye.yo
讀書。

會話二

A : 뭘 하는 걸 좋아해요?
mwol/ha.neun/go*l/jo.a.he*.yo
你喜歡做什麼?

B：난 노래하는 걸 좋아해.
nan/no.re*.ha.neun/go*l/jo.a.he*
我喜歡唱歌。

한국 드라마 보는 걸 좋아해요.
han.guk/deu.ra.ma/bo.neun/go*l/jo.a.he*.
yo
我喜歡看韓劇。

會話三

A：교회에 자주 가세요?
gyo.hwe.e/ja.ju/ga.se.yo
你常去教會嗎？

B：네, 일요일마다 가족들이랑 같이 교회에 가
요. 세경 씨는요?
ne//i.ryo.il.ma.da/ga.jok.deu.ri.rang/ga.chi/
gyo.hwe.e/ga.yo//se.gyo*ng/ssi.neu.nyo
是的，我每週日都會跟家人一起去教
會。世京你呢？

A：저는 종교가 없어요.
jo*.neun/jong.gyo.ga/o*p.sso*.yo
我沒有宗教信仰。

시간 약속하기
si.gan/yak.sso.ka.gi
約時間

우리 몇 시에 만날까요 ?
u.ri/myo*t/si.e/man.nal.ga.yo
我們幾點見面好呢 ?

아침 8 시에 만납시다 .
a.chim/yo*.do*p.ssi.e/man.nap.ssi.da
我們早上8點見吧。

저녁 여섯 시에 만나요 .
jo*.nyo*k/yo*.so*t/si.e/man.na.yo
我們晚上六點見面吧 !

시간을 변경해도 괜찮아요 ?
si.ga.neul/byo*n.gyo*ng.he*.do/gwe*n.cha.na.yo
可以更改時間嗎 ?

네 , 몇 시로 하면 좋겠어요 ?
ne//myo*t/si.ro/ha.myo*n/jo.ke.sso*.yo
可以，你希望是幾點呢 ?

주말은 어때요 ?
ju.ma.reun/o*.de*.yo
周末如何 ?

오후에 우리 영화 보러 갈까요 ?
o.hu.e/u.ri/yo*ng.hwa/bo.ro*/gal.ga.yo
我們下午去看電影如何？

학교 정문 앞에서 기다릴게요 .
hak.gyo/jo*ng.mun/a.pe.so*/gi.da.ril.ge.yo
我在學校正門前面等你。

오후 4 시 , 어때요 ?
o.hu/ne.si//o*.de*.yo
下午四點如何？

우린 언제 다시 만날까요 ?
u.rin/o*n.je/da.si/man.nal.ga.yo
我們何時再見面呢？

다음 주 월요일에 만날까요 ?
da.eum/ju/wo.ryo.i.re/man.nal.ga.yo
要不要下星期一見面？

그럼 그때 만나요 .
geu.ro*m/geu.de*/man.na.yo
那到時候見。

언제 시간 있어요 ?
o*n.je/si.gan/i.sso*.yo
你什麼時候有時間？

몇 시에 가장 편해요 ?
myo*t/si.e/ga.jang/pyo*n.he*.yo
你幾點最方便呢？

저녁 여섯 시 이후라면 다 좋아요 .
jo*.nyo*k/yo*.so*t/si/i.hu.ra.myo*n/da/jo.a.yo
晚上六點以後都可以。

내일 밤에 시간 있어요 ?
ne*.il/ba.me/si.gan/i.sso*.yo
明天晚上你有時間嗎？

미안해요 . 선약이 있어요 .
mi.an.he*.yo//so*.nya.gi/i.sso*.yo
對不起，我有約了。

죄송해요 . 다른 약속이 있어요 .
jwe.song.he*.yo//da.reun/yak.sso.gi/i.sso*.yo
對不起，我有別的事。

몇 시쯤 올 수 있나요 ?
myo*t/si.jjeum/ol/su/in.na.yo
你大約幾點可以來呢？

점심 때쯤 갈 수 있어요 .
jo*m.sim/de*.jjeum/gal/ssu/i.sso*.yo
大約午餐時間我可以過去。

지금 시간 있어요 ?
ji.geum/si.gan/i.sso*.yo
你現在有時間嗎？

네 , 시간 있어요 .
ne//si.gan/i.sso*.yo
是的，我有時間。

커피 한 잔 할 시간 있어요 ?
ko*.pi/han/jan/hal/ssi.gan/i.sso*.yo
你有時間喝杯咖啡嗎？

오늘 할 일이 있어 ? 없으면 나랑 놀러 가자 .
o.neul/hal/i.ri/i.sso*//o*p.sseu.myo*n/na.rang/
nol.lo*/ga.ja
你今天有事要做嗎？沒有的話，跟我一起
去玩吧！

저랑 같이 식사할 시간 있습니까 ?
jo*.rang/ga.chi/sik.ssa.hal/ssi.gan/it.sseum.
ni.ga
有時間跟我一起吃頓飯嗎？

내일 오전 일곱 시에 신촌역에서 봐요 .
ne*.il/o.jo*n/il.gop/si.e/sin.cho.nyo*.ge.so*/
bwa.yo
我們明天上午七點在新村站見吧。

우리 몇 시에 어디서 만나요 ?
u.ri/myo*t/si.e/o*.di.so*/man.na.yo
我們幾點在哪裡見呢？

내일 새벽 5 시에 여기서 만나요 .
ne*.il/se*.byo*k/da.so*t/si.e/yo*.gi.so*/man.
na.yo
我們明天清晨五點在這裡見面吧。

이번 주말에 같이 시내에 놀러 갈까요 ?
i.bo*n/ju.ma.re/ga.chi/si.ne*.e/nol.lo*/gal.ga.yo
這個週末要不要一起去市區玩？

오후에 거래처 사람을 만났습니다 .
o.hu.e/go*.re*.cho*/sa.ra.meul/man.nat.sseum.
ni.da
下午見了客戶。

會話一

A : 언제쯤 만날까요?
o*n.je.jjeum/man.nal.ga.yo
我們哪時見面 ?

B : 다음 주 수요일은 어때요? 우리 영화 보러
가요.
da.eum/ju/su.yo.i.reun/o*.de*.yo//u.ri/
yo*ng.hwa/bo.ro*/ga.yo
下周三怎麼樣 ? 我們去看電影。

會話二

A : 내일 내 생일 파티 있잖아. 일찍 와.
ne*.il/ne*/se*ng.il/pa.ti/it.jja.na//il.jjik/wa
明天是我的生日派對嘛 ! 你早點過
來。

B : 좋아, 선물을 사서 갈게. 몇 시쯤 거기로
가?
jo.a//so*n.mu.reul/ssa.so*/gal.ge//myo*t/
si.jjeum/go*.gi.ro/ga
好，我會買禮物過去。我幾點去 ?

A : 오후 네 시전에 와. 기다릴게.
o.hu/ne/si.jo*.ne/wa//gi.da.ril.ge
你下午四點前過來，我等你。

美食篇

식당
sik.dang
餐館

例句

이 근처에 레스토랑이 있어요?
i/geun.cho*.e/re.seu.to.rang.i/i.sso*.yo
這附近有餐廳嗎?

어떤 레스토랑에 가고 싶어요?
o*.do*n/re.seu.to.rang.e/ga.go/si.po*.yo
你想去哪種餐廳呢?

한식집에서 식사하고 싶어요.
han.sik.jji.be.so*/sik.ssa.ha.go/si.po*.yo
我想在韓式料理店用餐。

같이 식사하러 갈까요?
ga.chi/sik.ssa.ha.ro*/gal.ga.yo
你想和我們一起用餐嗎?

몇 시부터 영업합니까?
myo*t/si.bu.to*/yo*ng.o*.pam.ni.ga
幾點開始營業?

몇 시까지 영업합니까?
myo*t/si.ga.ji/yo*ng.o*.pam.ni.ga
營業到幾點呢?

이 부근에는 식당이 없어요 .
i/bu.geu.ne.neun/sik.dang.i/o*p.sso*.yo
這附近沒有餐館。

여기서 가까운 중화요리집을 아세요 ?
yo*.gi.so*/ga.ga.un/jung.hwa.yo.ri.ji.beul/a.se.
yo
你知道離這裡近一點的中華料理店嗎？

**맛있는 식당을 알고 있는데요 . 같이 가지
않으실래요 ?**
ma.sin.neun/sik.dang.eul/al.go/in.neun.de.yo//
ga.chi/ga.ji/a.neu.sil.le*.yo
我知道有不錯的餐館，要不要一起去吃？

날씨가 더우니까 냉면 먹을까요 ?
nal.ssi.ga/do*.u.ni.ga/ne*ng.myo*n/mo*.geul.
ga.yo
天氣很熱，我們吃冷麵好嗎？

회를 먹고 싶어요 . 일본 음식점에 가요 .
hwe.reul/mo*k.go/si.po*.yo//il.bo/neum.sik.jjo*.
me/ga.yo
我想吃生魚片，我們去日本料理店吧！

저녁으로 뭘 먹고 싶어요 ?
jo*.nyo*.geu.ro/mwol/mo*k.go/si.po*.yo
晚餐你想吃什麼？

피자를 먹으러 갑시다 .
pi.ja.reul/mo*.geu.ro*/gap.ssi.da
我們去吃披薩吧。

갑자기 불고기를 먹고 싶어요 .
gap.jja.gi/bul.go.gi/reul/mo*k.go/si.po*.yo
我突然想吃烤肉。

손님 , 안으로 들어오십시오 .
son.nim/a.neu.ro/deu.ro*.o.sip.ssi.o
客人，請進。

빈 자리가 있습니까 ?
bin/ja.ri.ga/it.sseum.ni.ga
有空位嗎？

여기 메뉴가 있습니다 .
yo*.gi/me.nyu.ga/it.sseum.ni.da
這是菜單。

여기 24 시간 영업하는 식당입니다 .
yo*.gi/i.sip.ssa.si.gan/yo*ng.o*.pa.neun/sik.
dang.im.ni.da
這裡是24小時營業的餐館。

근처 맛집 좀 추천해 주세요 .
geun.cho*/mat.jjip/jom/chu.cho*n.he*/ju.se.yo
請推薦我附近有什麼好吃的店。

會話一

A : 뭐 좀 먹으러 갈까?
mwo/jom/mo*.geu.ro*/gal.ga
我們去吃點什麼好嗎？

B : 중국집으로 가자.
jung.guk.jji.beu.ro/ga.ja
我們去中式料理店吧！

일식집으로 가요.
il.sik.jji.beu.ro/ga.yo
我們去日式料理店吧！

A : 우리 어디 가서 점심 먹을까요?
u.ri/o*.di/ga.so*/jo*m.sim/mo*.geul.ga.yo
我們去吃午餐好嗎？

B : 잘 아는 식당이 있는데 거기로 갑시다.
jal/a.neun/sik.dang.i/in.neun.de/go*.gi.ro/
gap.ssi.da
我有很熟的餐廳，我們去那裡吃吧。

맛
mat
味道

맛있어요.
ma.si.sso*.yo
好吃。

맛없어요.
ma.do*p.sso*.yo
不好吃。

맛이 좋아요.
ma.si/jo.a.yo
味道很棒。

싱거워요.
sing.go*.wo.yo
清淡。

써요.
sso*.yo
很苦。

짜요.
jja.yo
很鹹。

시큼해요 .
si.keum.he*.yo
很酸。

신선해요 .
sin.so*n.he*.yo
很新鮮。

신선하지 않아요 .
sin.so*n.ha.ji/a.na.yo
不新鮮。

끈적끈적해요 .
geun.jo*k.geun.jo*.ke*.yo
黏黏的。

비린내가 나요 .
bi.rin.ne*.ga/na.yo
有腥味。

돼지고기가 질겨요 .
dwe*.ji.go.gi.ga/jil.gyo*.yo
豬肉很硬。

고기는 연해요 .
go.gi.neun/yo*n.he*.yo
肉很軟。

좀 싱거운 것 같네요 .
jom/sing.go*.un/go*t/gan.ne.yo
好像有點清淡呢！

음식이 맛있어요 . 고마워요 .
eum.si.gi/ma.si.sso*.yo//go.ma.wo.yo
菜很好吃，謝謝。

매운 것을 좋아하세요 ?
me*.un/go*.seul/jjo.a.ha.se.yo
您喜歡吃辣嗎？

단 것은 내게 맞지 않아요 .
dan/go*.seun/ne*.ge/mat.jji/a.na.yo
甜的東西我不喜歡。

맛있겠다 ! 군침이 도는군요 .
ma.sit.get.da//gun.chi.mi/do.neun.gu.nyo
看起來很好吃！都要流口水了！

김치는 제 입맛에 안 맞습니다 .
gim.chi.neun/je/im.ma.se/an/mat.sseum.ni.da
泡菜不合我的口味。

치킨은 맛이 형편 없군요 .
chi.ki.neun/ma.si/hyo*ng.pyo*n/o*p.gu.nyo
炸雞的味道糟透了。

우유는 상했어요 .
u.yu.neun/sang.he*.sso*.yo
牛奶壞掉了。

맛있군요 . 누가 요리했어요 ?
ma.sit.gu.nyo//nu.ga/yo.ri.he*.sso*.yo
很好吃耶！誰煮的啊？

식사 아주 맛있게 먹었어요 .
sik.ssa/a.ju/ma.sit.ge/mo*.go*.sso*.yo
菜餚我吃得很滿意。

한국 요리가 정말 맛있었어요 .
han.guk/yo.ri.ga/jo*ng.mal/ma.si.sso*.sso*.yo
韓國菜真的很好吃。

이렇게 맛있는 식사는 처음이야 .
i.ro*.ke/ma.sin neun/sik.ssa.neun/cho*.eu.mi.
ya
第一次吃到這麼好吃的菜。

음식이 너무 매워요 .
eum.si.gi/no*.mu/me*.wo.yo
菜太辣了。

會話一

A : 맛이 어때요?
   ma.si/o*.de*.yo
   味道怎麼樣？

B : 아주 맛있어요.
   a.ju/ma.si.sso*.yo
   很好吃。
   맛이 별로 없어요.
   ma.si/byo*l.lo/o*p.sso*.yo
   不怎麼好吃。
   맛있지만 기름기가 많아요.
   ma.sit.jji.man/gi.reum.gi.ga/ma.na.yo
   好吃但是很油。

A : 케이크 맛있지?
ke.i.keu/ma.sit.jji
蛋糕好吃吧？

B : 응, 못 생겼지만 정말 맛있어.
eung//mot/se*ng.gyo*t.jji.man/jo*ng.mal/
ma.si.sso*
恩，雖然難看，但真的很好吃。

A : 당연하지. 모양은 좀 실패했지만 맛은 자신
이 있거든.
dang.yo*n.ha.ji//mo.yang.eun/jom/sil.pe*.
he*t.jji.man/ma.seun/ja.si.ni/it.go*.deun
當然囉！外型雖然有點失敗，但是味
道我可是很有信心呢！

B : 너무 맛있다. 사랑해, 여보.
no*.mu/ma.sit.da//sa.rang.he*//yo*.bo
太好吃了，老婆我愛你！

주문하기
ju.mun.ha.gi
點餐

지금 주문하시겠습니까 ?
ji.geum/ju.mun.ha.si.get.sseum.ni.ga
您現在要點餐嗎 ?

여기의 삼계탕이 유명합니다 .
yo*.gi.ui/sam.gye.tang.i/yu.myo*ng.ham.ni.da
這裡的蔘雞湯很有名。

무엇을 드시겠어요 ?
mu.o*.seul/deu.si.ge.sso*.yo
您要吃什麼 ?

냉면으로 하겠습니다 .
ne*ng.myo*.neu.ro/ha.get.sseum.ni.da
請給我冷麵。

뭘 추천해 주시겠어요 ?
mwol/chu.cho*n.he*/ju.si.ge.sso*.yo
您推薦什麼呢 ?

주문하고 싶은데요 .
ju.mun.ha.go/si.peun.de.yo
我要點餐。

빨리 되는 음식이 뭐예요?
bal.li/dwe.neun/eum.si.gi/mwo.ye.yo
可以趕快煮好的菜是什麼?

뭐가 맛있어요?
mwo.ga/ma.si.sso*.yo
什麼好吃呢?

더 필요한 것 없어요?
do*/pi.ryo.han/go*t/o*p.sso*.yo
還有需要的嗎?

늘 먹던 걸로 주세요.
neul/mo*k.do*n/go*l.lo/ju.se.yo
請給我我平常吃的。

여기서 먹겠습니다.
yo*.gi.so*/mo*k.get.sseum.ni.da
我要內用。

저기요, 치킨 한 마리 주세요.
jo*.gi.yo//chi.kin/han/ma.ri/ju.se.yo
服務員,請給我一隻炸雞。

김치찌개 하나 주세요.
gim.chi.jji.ge*/ha.na/ju.se.yo
請給我一份泡菜鍋。

좀 있다가 주문하겠습니다.
jom/it.da.ga/ju.mun.ha.get.sseum.ni.da
我待會在點餐。

사람이 다 온 다음에 주문하죠 .
sa.ra.mi/da/on/da.eu.me/ju.mun.ha.jyo
等人都來後再點。

잠시 후에 주문할게요 .
jam.si/hu.e/ju.mun.hal.ge.yo
我待會再點。

너무 짜지 않게 해 주세요 .
no*.mu/jja ji/an.ke/he*/ju.se.yo
請不要煮得太鹹。

파를 넣지 마세요 .
pa.reul/no*.chi/ma.se.yo
請不要放蔥。

고추를 너무 많이 넣지 마세요 .
go.chu.reul/no*.mu/ma.ni/no*.chi/ma.se.yo
請不要放太多辣椒。

김치볶음밥과 된장찌개 부탁 드립니다 .
gim.chi.bo.geum.bap.gwa/dwen.jang.jji.ge*/
bu.tak/deu.rim.ni.da
請給我泡菜炒飯和味增湯。

삼겹살 이인분 주세요 .
sam.gyo*p.ssal/i.in.bun/ju.se.yo
給我兩人份的五花肉。

음식을 더 시키려고 합니다 .
eum.si.geul/do*/si.ki.ryo*.go/ham.ni.da
我想加點。

물냉면으로 주세요.
mul.le*ng.myo*.neu.ro/ju.se.yo
我要點水冷麵。

A : 된장찌개를 부탁합니다.
dwen.jang.jji.ge*.reul/bu.ta.kam.ni.da
請給我大醬鍋。

B : 이거면 됩니까?
i.go*.myo*n/dwem.ni.ga
這個就好嗎？

A : 불고기 비빔밥도 하나 주세요. 그리고 소주
한 병.
bul.go.gi/bi.bim.bap.do/ha.na/ju.se.yo//
geu.ri.go/so.ju/han/byo*ng
再給我烤肉拌飯一份和燒酒一瓶。

B : 알겠습니다. 잠시만요.
al.get.sseum.ni.da//jam.si.ma.nyo
知道了，請稍等。

A : 스테이크 어떻게 해 드릴까요?
seu.te.i.keu/o*.do*.ke/he*/deu.ril.ga.yo
牛排要幾分熟？

B : 많이 익혀 주세요.
ma.ni/i.kyo*/ju.se.yo
請給我全熟的。

중간 정도 익혀 주세요.
jung.gan/jo*ng.do/i.kyo*/ju.se.yo
請給我五分熟的。

조금 살짝 익혀 주세요.
jo.geum/sal.jjak/i.kyo*/ju.se.yo
請給我四分熟的。

會話三

A : 클럽 센드위치 하나, 치킨 샐러드 하나 주세요.
keul.lo*p/sen.deu.wi.chi/ha.na//chi.kin/
se*l.lo*.deu/ha.na/ju.se.yo
給我一份總匯三明治和一份雞肉生菜
沙拉。

B : 여기서 드실 겁니까?
yo*.gi.so*/deu.sil/go*m.ni.ga
您要在這裡吃嗎？

A : 네, 여기서 먹겠습니다.
ne//yo*.gi.so*/mo*k.get.sseum.ni.da
對，我要內用。

식사 중
sik.ssa/jung
用餐

例句

배고파 죽겠어요 .
be*.go.pa/juk.ge.sso*.yo
肚子餓死了。

배가 너무 불러요 .
be*.ga/no*.mu/bul.lo*.yo
肚子很飽。

입에 음식을 넣고 얘기하지 마 .
i.be/eum.si.geul/no*.ko/ye*.gi.ha.ji/ma
不要把食物放在嘴裡說話。

식기 전에 얼른 드세요 .
sik.gi/jo*.ne/o*l.leun/deu.se.yo
在冷掉以前，趕快吃吧。

이거 좀 드세요 .
i.go*/jom/deu.se.yo
吃吃這個吧。

더 드시겠어요 ?
do*/deu.si.ge.sso*.yo
您還要吃嗎？

설거지는 내가 할게 .
so*l.go*.ji.neun/ne*.ga/hal.ge
我來洗碗。

어서 드세요 .
o*.so*/deu.se.yo
請您趕快吃。

많이 먹어 .
ma.ni/mo*.go*
趕快吃。

많이 드세요 .
ma.ni/deu.se.yo
請多吃一點。

맛있게 드세요 .
ma.sit.ge/deu.se.yo
請您好好享用。

맛있게 먹었어요 ?
ma.sit.ge/mo*.go*.sso*.yo
您吃飽了嗎？

왜 안 먹어요 ?
we*/an/mo*.go*.yo
你為什麼不吃？

맛이 없으면 남겨도 돼요 .
ma.si/o*p.sseu.myo*n/nam.gyo*.do/dwe*.yo
不好吃的話，可以剩下來。

아버지께서 진지를 드십니까 ?
a.bo*.ji.ge.so*/jin.ji/reul/deu.sim.ni.ga
爸爸吃飯嗎 ?

배가 불러서 더 이상 먹을 수 없어요 .
be*.ga/bul.lo*.so*/do*/i.sang/mo*.geul/ssu/o*p.
sso*.yo
吃飽了，再也吃不下了。

뜨거우니까 천천히 드세요 .
deu.go*.u.ni.ga/cho*n.cho*n.hi/deu.se.yo
很燙，請慢慢吃。

요즘 식욕이 없어요 .
yo.jeum/si.gyo.gi/o*p.sso*.yo
最近沒有食慾。

이거 먹어 봤어 ?
i.go*/mo*.go*/bwa.sso*
你吃過這個嗎 ?

천천히 먹어 .
cho*n.cho*n.hi/mo*.go*
慢慢吃。

양이 좀 적네요 .
yang.i/jom/jo*ng.ne.yo
量有點少耶。

밥 한 공기 더 주세요 .
bap/han/gong.gi/do*/ju.se.yo
請再給我一碗飯。

상추하고 김치 좀 더 주세요.
sang.chu.ha.go/gim.chi/jom/do*/ju.se.yo
請再拿一些生菜和泡菜過來。

會話一

A : 엄마, 난 배 고파요. 밥 아직 안 됐어요?
o*m.ma//nan/be*/go.pa.yo//bap/a.jik/an/
dwe*.sso*.yo
媽，我餓了，飯還沒好嗎？

B : 거의 다 됐어. 손 씻고 와.
go*.ui/da/dwe*.sso*//son/ssit.go/wa
快好了，去洗個手再過來。

會話二

A : 후추 좀 건네 주세요.
hu.chu/jom/go*n.ne/ju.se.yo
請把胡椒拿給我。
소금 좀 건네 줘.
so.geum/jom/go*n.ne/jwo
把鹽拿給我。

B : 여기 있어.
yo*.gi/i.sso*
在這裡。

식사 서비스
sik.ssa/so*.bi.seu
用餐服務

이거 싸 가지고 가도 되죠 ?
i.go*/ssa/ga.ji.go/ga.do/dwe.jyo
這個我可以打包帶走吧 ?

남은 것은 가져가도 돼요 ?
na.meun/go*.seun/ga.jo*.ga.do/dwe*.yo
剩下的我可以帶走嗎 ?

젓가락을 떨어뜨렸어요 .
jo*t.ga.ra.geul/do*.ro*.deu.ryo*.sso*.yo
筷子掉了。

물 한 잔 더 주세요 .
mul/han/jan/do*/ju.se.yo
請再給我一杯水。

반찬을 좀 더 주세요 .
ban.cha.neul/jjom/do*/ju.se.yo
請再給我一些小菜。

식탁 좀 치워 주시겠습니까 ?
sik.tak/jom/chi.wo/ju.si.get.sseum.ni.ga
可以幫我收拾餐桌嗎 ?

저기요 , 화장실이 어디예요 ?
jo*.gi.yo//hwa.jang.si.ri/o*.di.ye.yo
服務生，請問化妝室在哪裡？

접시 하나 더 주세요 .
jo*p.ssi/ha.na/do*/ju.se.yo
請再給我一個碟子。

밥 하나 더 주시겠습니까 ?
bap/ha.na/do*/ju.si.get.sscum.ni.ga
可以再給我一碗飯嗎？

얼음을 더 주세요 .
o*.reu.meul/do*/ju.se.yo
請再給我一點冰塊。

김치 좀 더 주세요 .
gim.chi/jom/do*/ju.se.yo
再給我一點泡菜。

나이프와 포크를 주시겠습니까 ?
na.i.peu.wa/po.keu.reul/jju.si.get.sseum.ni.ga
可以拿刀子和叉子給我嗎？

무절임 더 주시겠어요 ?
mu.jo*.rim/do*/ju.si.ge.sso*.yo
可以再給我一些醃白蘿蔔嗎？

고기 좀 잘라 주세요 .
go.gi/jom/jal.la/ju.se.yo
請幫我剪成肉塊。

會話

A : 저기요, 젓가락을 바꿔 주세요.
　　jo*.gi.yo//jo*t.ga.ra.geul/ba.gwo/ju.se.yo
　　服務員，請幫我換雙筷子。
　　티슈 좀 갖다 주세요.
　　ti.syu/jom/gat.da/ju.se.yo
　　請拿餐巾紙給我。
　　재떨이를 주세요.
　　je*.do*.ri.reul/jju.se.yo
　　請給我菸灰缸。

B : 네, 알겠습니다.
　　ne//al.get.sseum.ni.da
　　好的，我知道了。

커피
ko*.pi
咖啡

例句

무슨 커피 하시겠어요 ?
mu.seun/ko*.pi/ha.si.ge.sso*.yo
您要喝什麼咖啡？

아메리카노로 할래요 .
a.me.ri.ka.no.ro/hal.le*.yo
我要喝卡布其諾咖啡。

어떤 커피를 드릴까요 ?
o*.do*n/ko*.pi.reul/deu.ril.ga.yo
您要哪種咖啡呢？

진한 커피 주세요 .
jin.han/ko*.pi/ju.se.yo
請給我濃咖啡。

내가 커피 한 잔 살게 .
ne*.ga/ko*.pi/han/jan/sal.ge
我買杯咖啡給你喝。

커피를 좀 더 드시지 않겠어요 ?
ko*.pi.reul/jjom/do*/deu.si.ji/an.ke.sso*.yo
您不再喝一杯咖啡嗎？

커피를 한 잔 더 주세요 .
ko*.pi.reul/han/jan/do*/ju.se.yo
請再給我一杯咖啡。

캔커피도 맛있어요 .
ke*n.ko*.pi.do/ma.si.sso*.yo
罐裝咖啡也很好喝。

커피를 안 마십니다 .
ko*.pi.reul/an/ma.sim.ni.da
我不喝咖啡。

저녁 6 시 이후는 커피 안 마셔요 .
jo*.nyo*k/yo*.so*t/si/i.hu.neun/ko*.pi/an/
ma.syo*.yo
晚上六點以後我不喝咖啡。

밤에 커피를 마시면 잠을 못 자거든요 .
ba.me/ko*.pi.reul/ma.si.myo*n/ja.meul/mot/
ja.go*.deu.nyo
晚上喝咖啡，我會睡不著。

전 커피말고 녹차로 주세요 .
jo*n/ko*.pi.mal.go/nok.cha.ro/ju.se.yo
我不要咖啡，請給我綠茶。

커피 한 잔 하면서 얘기해요 .
ko*.pi/han/jan/ha.myo*n.so*/ye*.gi.he*.yo
我們邊喝杯咖啡邊聊吧。

뜨거운 커피하고 냉 커피 중 어느 걸 좋아
해 ?
deu.go*.un/ko*.pi.ha.go/ne*ng/ko*.pi/jung/
o*.neu/go*l/jo.a.he*
熱咖啡和冰咖啡，你喜歡哪一種？

카푸치노 한 잔 주세요 .
ka.pu.chi.no/han/jan/ju.se.yo
請給我一杯卡布奇諾。

아이스커피 한 잔 주세요 .
a.i.seu.ko*.pi/han/jan/ju.se.yo
請給我一杯冰咖啡。

뜨거운 카페라떼를 주세요 .
deu.go*.un/ka.pe.ra.de.reul/jju.se.yo
請給我熱的拿鐵咖啡。

녹차나 국화차 드시겠어요 ?
nok.cha.na/gu.kwa.cha/deu.si.ge.sso*.yo
您要喝綠茶或菊花茶嗎？

인삼차를 드셔 본 적 있으세요 ?
in.sam.cha.reul/deu.syo*/bon/jo*k/i.sseu.se.yo
您有喝過人參茶嗎？

홍차 , 커피 , 레몬차 , 콜라 등이 있습니다 .
hong.cha/ko*.pi/re.mon.cha/kol.la/deung.i/
it.sseum.ni.da
有紅茶、咖啡、檸檬茶和可樂等。

오렌지주스 주세요 .
o.ren.ji.ju.seu/ju.se.yo
請給我柳橙汁。

핫코코아 있나요 ?
hat.ko.ko.a/in.na.yo
有熱可可嗎？

차에 레몬을 넣어 주세요 .
cha.e/re.mo.neul/no*.o*/ju.se.yo
請幫我在茶裡加檸檬。

커피 우유를 사서 마셨어요 .
ko*.pi/u.yu.reul/ssa.so*/ma.syo*.sso*.yo
買了咖啡牛奶來喝。

커피를 타고 있어요 . 한 잔 마실래요 ?
ko*.pi.reul/ta.go/i.sso*.yo//han/jan/ma.sil.le*.yo
我在泡咖啡。你要不要喝一杯？

너무 졸려서 커피 다섯 잔이나 마셨어요 .
no*.mu/jol.lyo*.so*/ko*.pi/da.so*t/ja.ni.na/
ma.syo*.sso*.yo
太睏了，竟然喝了五杯咖啡。

커피머신이 있는데 쓸 줄을 몰라요 .
ko*.pi.mo*.si.ni/in.neun.de/sseul/jju.reul/mol.
la.yo
我有咖啡機，但是不會使用。

會話一

A : 커피를 어떻게 타 줄까요?
ko*.pi.reul/o*.do*.ke/ta/jul.ga.yo
咖啡要怎麼幫你泡？

B : 우유를 많이 넣어 줘요.
u.yu.reul/ma.ni/no*.o*/jwo.yo
幫我多加一點牛奶。

설탕을 넣지 마세요.
so*l.tang.eul/no*.chi/ma.se.yo
不要加糖。

휘핑크림 많이 올려 주세요.
hwi.ping.keu.rim/ma.ni/ol.lyo*/ju.se.yo
請幫我多加一點鮮奶油。

내 커피는 블랙으로 타 줘.
ne*/ko*.pi.neun/beul.le*.geu.ro/ta/jwo
幫我泡黑咖啡。

會話二

A : 커피 드시겠어요?
　　ko*.pi/deu.si.ge.sso*.yo
　　您要喝咖啡嗎？

B : 네, 카페라떼 주세요.
　　ne//ka.pe.ra.de/ju.se.yo
　　要，我要拿鐵咖啡。

계산할 때
gye.san.hal/de*
結帳時

계산서 좀 부탁합니다 .
gye.san.so*/jom/bu.ta.kam.ni.da
請給我帳單。

이것은 무료입니다 .
i.go*.seun/mu.ryo.im.ni.da
這是免費。

선불입니다 .
so*n.bu.rim.ni.da
要先付款。

거스름 돈이 틀린 것 같습니다 .
go*.seu.reum/do.ni/teul.lin/go*t/gat.sseum.
ni.da
好像找錯錢了。

계산이 잘못된 것 같습니다 .
gye.sa.ni/jal.mot.dwen/go*t/gat.sseum.ni.da
帳單好像有誤。

한 번 더 계산해 보세요 .
han/bo*n/do*/gye.san.he*/bo.se.yo
請您再算一次。

여기서 계산하면 돼요 ?
yo*.gi.so*/gye.san.ha.myo*n/dwe*.yo
在這裡結帳就可以了嗎？

카드로 해도 됩니까 ?
ka.deu.ro/he*.do/dwem.ni.ga
可以刷卡嗎？

계산서는 같이 할까요 ? 따로따로 할까요 ?
gye.san.so*.neun/ga.chi/hal.ga.yo//da.ro.da.ro/
hal.ga.yo
帳單要一起算，還是分開算？

추가 요금을 납득할 수 없어요 .
chu.ga/yo.geu.meul/nap.deu.kal/ssu/o*p.sso*.
yo
追加的費用我不能接受。

이것은 제가 사겠습니다 .
i.go*.seun/je.ga/sa.get.sseum.ni.da
這個我請客。

잘 먹었습니다 . 감사합니다 .
jal/mo*.go*t.sseum.ni.da//gam.sa.ham.ni.da
我吃飽了，謝謝。

또 오십시오 . 안녕히 가세요 .
do/o.sip.ssi.o//an.nyo*ng.hi/ga.se.yo
下次再光臨，慢走！

會話一

A : 이번에 내가 사죠.
i.bo*.ne/ne*.ga/sa.jyo
這次我來買單。

B : 고마워요. 잘 먹었어요.
go.ma.wo.yo//jal/mo*.go*.sso*.yo
謝謝，我吃飽了。

會話二

A : 이건 무슨 요금입니까?
i.go*n/mu.seun/yo.geu.mim.ni.ga
這是什麼費用呢？

B : 서비스료입니다.
so*.bi.seu.ryo.im.ni.da
服務費。

술 마시기
sul/ma.si.gi
喝酒

술 한 잔 하시겠어요 ?
sul/han/jan/ha.si.ge.sso*.yo
要不要喝一杯？

소주 한 병 더 주세요 .
so.ju/han/byo*ng/do*/ju.se.yo
請再給我一瓶燒酒。

안주는 무엇이 있어요 ?
an.ju.neun/mu.o*.si/i.sso*.yo
有什麼下酒菜？

여기 칵테일이 있습니까 ?
yo*.gi/kak.te.i.ri/it.sseum.ni.ga
這裡有雞尾酒嗎？

나는 술고래다 .
na.neun/sul.go.re*.da
我是酒鬼。

벌써 술을 끊었습니다 .
bo*l.sso*/su.reul/geu.no*t.sseum.ni.da
我已經戒酒了。

건배하시죠 .
go*n.be*.ha.si.jyo
我們來乾杯吧！

원샷 !
won.syat
喝光吧！

술 취했어요 ?
sul/chwi.he*.sso*.yo
你喝醉了嗎？

자주 술 마시러 가요 ?
ja.ju/sul/ma.si.ro*/ga.yo
你常去喝酒嗎？

술버릇이 너무 안 좋아요 .
sul.bo*.reu.si/no*.mu/an/jo.a.yo
喝酒習慣很不好。

누나가 술이 많이 취했어요 .
nu.na.ga/su.ri/ma.ni/chwi.he*.sso*.yo
姊姊喝得很醉。

저는 맥주정도로는 안 취해요 .
jo*.neun/me*k.jju.jo*ng.do.ro.neun/an/chwi.he*.yo
喝啤酒我不會醉。

어제 마신 술인데 지금도 술 냄새가 나요 .
o*.je/ma.sin/su.rin.de/ji.geum.do/sul/ne*m.se*.ga/na.yo
昨天喝的酒，現在還有酒味。

숙취는 없어요 ?
suk.chwi.neun/o*p.sso*.yo
你沒有宿醉嗎？

생맥주로 주세요 .
se*ng.me*k.jju.ro/ju.se.yo
請給我生啤酒。

술 드시면 절대 운전하지 마세요 .
sul/deu si.myo*n/jo*l.de*/un.jo^n.ha.ji/ma.se.yo
喝酒的話，千萬不要開車。

술은 건강에 해롭다 .
su.reun/go*n.gang.e/he*.rop.da
酒對健康有害。

술은 몸에 안 좋다 .
su.reun/mo.me/an/jo.ta
酒對身體不好。

어제 술은 입에 대지도 않았어요 .
o*.je/su.reun/i.be/de*.ji.do/a.na.sso*.yo
昨天我一滴酒也沒喝。

자기 전에 맥주 조금 마시면 푹 잘 수 있어
요 .
ja.gi/jo*.ne/me*k.jju/jo.geum/ma.si.myo*n/puk/
jal/ssu/i.sso*.yo
睡前喝一點啤酒，可以睡得很好。

오늘 밤 한 잔 하러 갈까요 ?
o.neul/bam/han/jan/ha.ro*/gal.ga.yo
今天晚上一起去喝一杯好嗎？

會話一

A : 뭘 위해 건배할까요?
mwol/wi.he*/go*n.be*.hal.ga.yo
我們要為什麼乾杯呢?

B : 승진을 위해 건배합시다.
seung.ji.neul/wi.he*/go*n.be*.hap.ssi.da
為升官乾杯吧!
승리를 위해 건배하자.
seung.ni.reul/wi.he*/go*n.be*.ha.ja
為勝利乾杯吧!

會話二

A : 난 술 잘 못 마시거든.
nan/sul/jal/mot/ma.si.go*.deun
我不太能喝酒。

B : 그럼 조금만 드세요.
geu.ro*m/jo.geum.man/deu.se.yo
那喝一點點就好了。
이런 술자리엔 술 마셔야지.
i.ro*n/sul.ja.ri.en/sul/ma.syo*.ya.ji
這種喝酒的場合當然要喝酒啊!

會話三

A : 술 잘 드세요?
sul/jal/deu.se.yo
您很會喝酒嗎?

B : 네, 나는 술이 무지 세요.
ne//na.neun/su.ri/mu.ji/se.yo
是的，酒量很大。
아니요, 못 마셔요.
a.ni.yo//mot/ma.syo*.yo
不，我不會喝酒。

會話四

A : 가 봐야겠어요. 또 봐요.
ga/bwa.ya.ge.sso*.yo//do/bwa.yo
我得走了，再見！

B : 네, 언제 한 잔 합시다.
ne//o*n.je/han/jan/hap.ssi.da
好，改天一起喝一杯吧！

韓語會話GO
萬用小抄一本就

한국어 회화책,
이 책 하나면 충분!

購物篇

매장
me*.jang
賣場

例句

어서 오세요.
o*.so*/o.se.yo
歡迎光臨！

이 근처에 옷가게가 있나요?
i/geun.cho*.e/ot.ga.ge.ga/in.na.yo
這附近有服飾店嗎？

우리 쇼핑하러 갈까요?
u.ri/syo.ping.ha.ro*/gal.ga.yo
我們去逛街好不好？

영업시간은 어떻게 돼요?
yo*ng.o*p.ssi.ga.neun/o*.do*.ke/dwe*.yo
營業時間是怎麼樣的呢？

매일 문을 엽니까?
me*.il/mu.neul/yo*m.ni.ga
每天都營業嗎？

아침 10시에 문을 엽니다.
a.chim/yo*l.si.e/mu.neul/yo*m.ni.da
早上十點開門。

밤 11 시에 문을 닫습니다 .
bam/yo*l.han/si.e/mu.neul/dat.sseum.ni.da
晚上11點關門。

무엇을 샀습니까 ?
mu.o*.seul/ssat.sseum.ni.ga
買了什麼？

무엇을 팝니까 ?
mu.o*.seul/pam.ni.ga
賣什麼？

책과 문구를 팝니다 .
che*k.gwa/mun.gu.reul/pam.ni.da
賣書和文具。

같이 쇼핑 갑시다 .
ga.chi/syo.ping/gap.ssi.da
一起去逛街吧！

속옷을 사고 싶은데 , 어디에 가면 됩니까 ?
so.go.seul/ssa.go/sl.peun.de//o*.di.e/
ga.myo*n/dwem.ni.ga
我想買內衣，要去哪買？

거기 예쁜 옷을 파는 가게가 많아요 .
go*.gi/ye.beun/o.seul/pa.neun/ga.ge.ga/ma.na.
yo
那裡有很多賣漂亮衣服的店。

화장품 매장은 몇 층에 있습니까 ?
hwa.jang.pum/me*.jang.eun/myo*t/cheung.e/
it.sseum.ni.ga
化妝品賣場在幾樓？

가구 매장은 어디입니까 ?

ga.gu/me*.jang.eun/o*.di.im.ni.ga

家具店在哪裡？

허리띠는 어디서 살 수 있습니까 ?

ho*.ri.di.neun/o*.di.so*/sal/ssu/it.sseum.ni.ga

哪裡可以買得到皮帶呢？

농구공을 사려면 어디로 가야 합니까 ?

nong.gu.gong.eul/ssa.ryo*.myo*n/o*.di.ro/
ga.ya/ham.ni.ga

籃球要去哪裡買呢？

어제 동생과 같이 백화점에 갔습니다 .

o*.je/dong.se*ng.gwa/ga.chi/be*.kwa.jo*.me/
gat.sseum.ni.da

昨天和妹妹去了百貨公司。

서적 코너가 어디죠 ?

so*.jo*k/ko.no*.ga/o*.di.jyo

書籍區在哪裡？

식료품은 지하에 있습니까 ?

sing.nyo.pu.meun/ji.ha.e/it.sseum.ni.ga

食品在地下樓層嗎？

서점을 찾으십니까 ?

so*.jo*.meul/cha.jeu.sim.ni.ga

您在找書店嗎？

여기 담배를 팝니까 ?

yo*.gi/dam.be*.reul/pam.ni.ga

這裡有賣香菸嗎？

지갑 파는 곳이 어디예요 ?
ji.gap/pa.neun/go.si/o*.di.ye.yo
賣皮夾的地方在哪裡 ?

잠시 생각 좀 해 보겠습니다 .
jam.si/se*ng.gak/jom/he*/bo.get.sseum.ni.da
我再考慮一下。

좀 더 구경하겠습니다 .
jom/do*/gu.gyo*ng.ha.get.sseum.ni.da
我再逛逛。

쉬었다 가요 .
swi.o*t.da/ga.yo
休息一下再走。

그냥 좀 구경하고 있습니다 .
geu.nyang/jom/gu.gyo*ng.ha.go/it.sseum.ni.da
我只是逛逛而已。

천천히 보세요 .
cho*n.cho*n.hi/bo.se.yo
請慢慢看。

이거 얼마예요 ?
i.go*/o*l.ma.ye.yo
這個多少錢 ?

會話一

A : 여성복 매장을 가르쳐 주시겠어요?
　　yo*.so*ng.bok/me*.jang.eul/ga.reu.cho*/
　　ju.si.ge.sso*.yo
　　可以告訴我女性服飾賣場在哪裡嗎 ?

B：오층에 있습니다. 저쪽에 있는 엘리베이터
　　를 이용하세요.
o.cheung.e/it.sseum.ni.da//jo*.jjo.ge/
in.neun/el.li.be.i.to*.reul/i.yong.ha.se.yo
在五樓，請利用那邊的電梯。

會話二

A：여기서 무엇을 샀어요?
yo*.gi.so*/mu.o*.seul/ssa.sso*.yo
在這裡買了什麼？

B：여기서 청바지를 샀어요.
yo*.gi.so*/cho*ng.ba.ji.reul/ssa.sso*.yo
我在這裡買了牛仔褲。
여기서 생선하고 소고기를 샀어요.
yo*.gi.so*/se*ng.so*n.ha.go/so.go.gi.reul/
ssa.sso*.yo
在這裡買了魚和牛肉。

복식
bok.ssik
服飾

例句

옷을 사고 싶어요.
o.seul/ssa.go/si.po*.yo
想買衣服。

어제 이 옷을 샀어요.
o*.je/i/o.seul/ssa.sso*.yo
我昨天買這件衣服的。

허리둘레를 재어 주시겠습니까?
ho*.ri.dul.le.reul/jje*.o*/ju.si.get.sseum.ni.ga
可以幫我量腰圍嗎?

이 바지가 촌스러워요.
i/ba.ji.ga/chon.seu.ro*.wo.yo
這件褲子很俗氣。

어디서 바지를 사요?
o*.di.so*/ba.ji.reul/ssa.yo
在哪裡買褲子?

이 옷을 입어 볼 수 있어요?
i/o.seul/i.bo*/bol/su/i.sso*.yo
我可以試穿這件衣服嗎?

탈의실은 저쪽에 있습니다 .
ta.rui.si.reun/jo*.jjo.ge/it.sseum.ni.da
更衣室在那邊。

저는 코트를 찾고 있습니다 .
jo*.neun/ko.teu.reul/chat.go/it.sseum.ni.da
我在找大衣外套。

여기서 양말을 팝니까 ?
yo*.gi.so*/yang.ma.reul/pam.ni.ga
這裡有賣襪子嗎 ?

티셔츠 몇 벌을 보여 주세요 .
ti.syo*.cheu/myo*t/bo*.reul/bo.yo*/ju.se.yo
請給我看看幾套T恤。

입어보실래요 ?
i.bo*.bo.sil.le*.yo
您要試穿看看嗎 ?

저기요 , 거울이 어디에 있어요 ?
jo*.gi.yo//go*.u.ri/o*.di.e/i.sso*.yo
請問鏡子在哪裡 ?

이 외투는 어디서 샀습니까 ?
i/we.tu.neun/o*.di.so*/sat.sseum.ni.ga
這件外套你在哪裡買的 ?

요즘 유행하는 옷이 어떤 거예요 ?
yo.jeum/yu.he*ng.ha.neun/o.si/o*.do*n/go*.
ye.yo
最近流行的衣服是哪種 ?

옷감 재질이 뭐예요 ?

ot.gam/je*.ji.ri/mwo.ye.yo
衣料的材質是什麼 ?

會話一

A : 입어 볼 수 있어요?
i.bo*/bol/su/i.sso*.yo
可以試穿嗎 ?

B : 네, 입어 보세요.
ne/i.bo*/bo.se.yo
可以，請您試穿看看。
죄송해요. 특가품은 입어 보실 수 없습니다.
jwe.song.he*.yo//teuk.ga.pu.meun/i.bo*/
bo.sil/su/o*p.sseum.ni.da.
對不起，特價品不能試穿。
바지만 입어 보실 수 있습니다.
ba.ji.man/i.bo*/bo.sil/su/it.sseum.ni.da
只有褲子可以試穿。

會話二

A : 사이즈는 어떻게 되세요?
sa.i.jeu.neun/o*.do*.ke/dwe.se.yo
您的尺寸是多少呢 ?

B : 제 사이즈를 잘 모릅니다.
je/sa.i.jeu.reul/jjal/mo.reum.ni.da
我不知道尺寸。
저는 보통 스몰 사이즈를 입습니다.
jo*.neun/bo.tong/seu.mol/sa.i.jeu.reul/
ip.sseum.ni.da
我一般是穿小號的尺寸。

신발
sin.bal
鞋子

운동화 있습니까 ?
un.dong.hwa/it.sseum.ni.ga
有運動鞋嗎？

이 신발은 다른 색이 있어요 ?
i/sin.ba.reun/da.reun/se*.gi/i.sso*.yo
這雙鞋子有其他顏色嗎？

저는 하이힐 하나를 사려고 합니다 .
o*.neun/ha.i.hil/ha.na.reul/ssa.ryo*.go/ham.ni.da
我想買一雙高跟鞋。

너무 작아요 . 제게 맞지 않아요 .
no*.mu/ja.ga.yo//je.ge/mat.jji/a.na.yo
太小了，不適合我。

여기가 좀 꽉 낍니다 .
yo*.gi.ga/jom/gwak/gim.ni.da
這裡很緊。

이 부츠 흰색이 있습니까 ?
i/bu.cheu/hin.se*.gi/it.sseum.ni.ga
這雙靴子有白色的嗎？

이 운동화는 파란색만 남았습니다 .
i/un.dong.hwa.neun/pa.ran.se*ng.man/na.mat.
sseum.ni.da
這雙運動鞋只剩下藍色。

본인이 신으실 겁니까 ?
bo.ni.ni/si.neu.sil/go*m.ni.ga
是本人要穿的嗎？

이 구두는 어떻습니까 ?
i/gu.du.neun/o*.do*.sseum.ni.ga
這雙皮鞋怎麼樣呢？

구두하고 양말을 사고 싶습니다 .
gu.du.ha.go/yang.ma.reul/ssa.go/sip.sseum.
ni.da
我想買皮鞋和襪子。

그 구두는 다 팔렸습니다 .
geu/gu.du.neun/da/pal.lyo*t.sseum.ni.da
那個皮鞋已經全部賣光了。

이 구두는 바지와 잘 어울리는군요 .
i/gu.du.neun/ba.ji.wa/jal/o*.ul.li.neun.gu.nyo
這雙皮鞋跟褲子很配呢！

들어가기 전에 신발을 벗으세요 .
deu.ro*.ga.gi/jo*.ne/sin.ba.reul/bo*.seu.se.yo
進去之前，請先脫鞋。

샌들을 사고 싶은데 여기 있습니까 ?
se*n.deu.reul/ssa.go/si.peun.de/yo*.gi/
it.sseum.ni.ga
我想買涼鞋，這裡有嗎？

이것으로 작은 사이즈가 있습니까?
i.go*.seu.ro/ja.geun/sa.i.jeu.ga/it.sseum.ni.ga
這個有小的尺寸嗎?

이것보다 더 큰 것은 없습니까?
i.go*t.bo.da/do*/keun/go*.seun/o*p.sseum.
ni.ga
沒有比這個還大件的嗎?

다른 사이즈를 주세요.
da.reun/sa.i.jeu.reul/jju.se.yo
請給我別的尺寸。

전 이런 신발은 안 좋아해요.
jo*n/i.ro*n/sin.ba.reun/an/jo.a.he*.yo
我不喜歡這種鞋子。

제가 좀 신어 봅시다.
je.ga/jom/si.no*/bop.ssi.da
我來穿穿看。

會話

A : 신발이 잘 맞습니까?
　　sin.ba.ri/jal/mat.sseum.ni.ga
　　鞋子合腳嗎?

B : 네, 잘 맞아요.
　　ne//jal/ma.ja.yo
　　很合腳。
　　너무 커요.
　　no*.mu/ko*.yo
　　太大了。

잡화
ja.pwa
日用雜貨

例句

어디서 선물을 사요 ?
o*.di.so*/so*n.mu.reul/ssa.yo
在哪裡買禮物？

여자친구에게 줄 선물을 사고 싶은데요 .
yo*.ja.chin.gu.e.ge/jul/so*n.mu.reul/ssa.go/
si.peun.de.yo
我想買送給女朋友的禮物。

핸드백을 보고 싶은데요 .
he*n.deu.be*.geul/bo.go/si.peun.de.yo
我想看手提包。

저 그릇 좀 보여 주세요 .
jo*/geu.reut/jom/bo.yo*/ju.se.yo
請給我看那個盤子。

저기 걸려 있는 모자 좀 보여 주세요 .
jo*.gi/go*l.lyo*/in.neun/mo.ja/jom/bo.yo*/ju.se.
yo
請給我看看掛在那裡的帽子。

세일중인 목도리들이 어떤 건가요 ?
se.il.jung.in/mok.do.ri.deu.ri/o*.do*n/go*n.
ga.yo
特價中的圍巾是哪些呢 ?

여기 선글라스를 팝니까 ?
yo*.gi/so*n.geul.la.seu.reul/pam.ni.ga
這裡有賣墨鏡嗎 ?

지갑을 사고 싶은데요 .
ji.ga.beul/ssa.go/si.peun.de.yo
我想買皮夾。

그 귀걸이 좀 보여 주세요 .
geu/gwi.go*.ri/jom/bo.yo*/ju.se.yo
請給我看那副耳環。

가죽제품이 있습니까 ?
ga.juk.jje.pu.mi/it.sseum.ni.ga
有皮革製品嗎 ?

저 펜 좀 보고 싶은데요 .
jo*/pen/jom/bo.go/si.peun.de.yo
我想看看那隻筆。

이 안경 써 봐도 돼요 ?
i/an.gyo*ng/sso*/bwa.do/dwe*.yo
我可以試戴這副眼鏡嗎 ?

이것은 튼튼합니까 ?
i.go*.seun/teun.teun.ham.ni.ga
這個堅固嗎 ?

가방과 운동화를 사요 .
ga.bang.gwa/un.dong.hwa.reul/ssa.yo
買包包和運動鞋。

이 넥타이빈은 좀 비싼 것 같아요 .
i/nek.ta.i.bi.neun/jom/bi.ssan/go*t/ga.ta.yo
這領帶夾好像有點貴。

헤어 밴드를 좀 보고 싶습니다 .
he.o*/be*n.deu.reul/jjom/bo.go/sip.sseum.ni.da
我想看看髮帶。

진열장 안에 있는 손목시계 좀 보여 주세요 .
ji.nyo*l.jang/a.ne/in.neun/son.mok.ssi.gye/jom/bo.yo*/ju.se.yo
請給我看看展示櫃裡的手錶。

립스틱이 있습니까 ?
rip.sseu.ti.gi/it.sseum.ni.ga
有口紅嗎？

어떤 종류의 배낭이 있습니까 ?
o*.do*n/jong.nyu.ui/be*.nang.i/it.sseum.ni.ga
有什麼種類的後背包？

이런 스타일이 유행이에요 .
i.ro*n/seu.ta.i.ri/yu.he*ng.i.e.yo
這種款式很流行。

전시품은 있어요 ?
jo*n.si.pu.meun/i.sso*.yo
有展示品嗎？

여기서 옷들과 패션잡화를 싸게 살 수 있어요.

yo*.gi.so*/ot.deul.gwa/pe*.syo*n.ja.pwa.reul/
ssa.ge/sal/ssu/i.sso*.yo

這裡可以買到便宜的衣服和流行雜貨。

會話

A : 남성용 향수 파나요?
　　nam.so*ng.yong/hyang.su/pa.na.yo
　　有賣男性香水嗎？

B : 있습니다. 저기에 있어요.
　　it.sseum.ni.da//jo*.gi.e/i.sso*.yo
　　有，在那裡。
　　네, 제가 보여 드릴까요. 잠시만요.
　　ne//je.ga/bo.yo*/deu.ril.ga.yo//jam.si.ma.
　　nyo
　　有，我拿給您看好嗎？請稍等。

고를 때
go.reul/de*

挑選時

무엇을 삽니까 ?
mu.oˆ.seul/ssam.ni.ga
買什麼？

무엇을 사고 싶습니까 ?
mu.oˆ.seul/ssa.go/sip.sseum.ni.ga
想買什麼？

어떤 스타일을 원하십니까 ?
oˆ.doˆn/seu.ta.i.reul/won.ha.sim.ni.ga
您想要哪種樣式的呢？

색깔이 많이 있습니다 . 골라 보십시오 .
seˆk.ga.ri/ma.ni/it.sseum.ni.da/gol.la/bo.sip.
ssi.o
有很多顏色，請挑挑看。

다른 물건을 보여 주시겠어요 ?
da.reun/mul.goˆ.neul/bo.yoˆ/ju.si.ge.ssoˆ.yo
可以拿其他的給我看嗎？

무슨 색이 저에게 어울린다고 생각하세요 ?
mu.seun/seˆ.gi/joˆ.e.ge/oˆ.ul.lin.da.go/seˆng.
ga.ka.se.yo
您覺得什麼顏色適合我呢？

이건 열 살짜리 여자 아이에게 어울릴까요 ?
i.go*n/yo*l/sal.jja.ri/yo*.ja/a.i.e.ge/o*.ul.lil.ga.yo
這個適合十歲的小女孩嗎 ?

그냥 둘러보고 있는 중입니다 .
geu.nyang/dul.lo*.bo.go/in.neun/jung.im.ni.da
我只是逛逛而已。

이런 종류로 갈색이 있나요 ?
i.ro*n/jong.nyu.ro/gal.sse*.gi/in.na.yo
這種有褐色嗎 ?

다른 디자인은 있습니까 ?
da.reun/di.ja.i.neun/it.sseum.ni.ga
有其他的設計嗎 ?

이것 말고 다른 것이 없습니까 ?
i.go*t/mal.go/da.reun/go*.si/o*p.sseum.ni.ga
我不要這個，沒有別的嗎 ?

좀 더 싼 것을 보여 주세요 .
jom/do*/ssan/go*.seul/bo.yo*/ju.se.yo
請給我看看再便宜一點的。

예쁜 반바지를 보여 드릴게요 .
ye.beun/ban.ba.ji.reul/bo.yo*/deu.ril.ge.yo
我拿漂亮的短褲給您看。

다른 걸 보여 주세요 .
da.reun/go*l/bo.yo*/ju.se.yo
請給我看別的。

요즘 유행하는 스타일은 어떤 건가요?

yo.jeum/yu.he*ng.ha.neun/seu.ta.i.reun/
o*.do*n/go*n.ga.yo

最近流行的樣式是哪一種?

한 사이즈 작은 것은 있어요?

han/sa.i.jeu/ja.geun/go*.seun/i.sso*.yo

有再小一號的嗎?

사이즈는 딱 맞습니다.

sa.i.jeu.neun/dak/mat.sseum.ni.da

尺寸剛剛好。

품질이 아주 좋습니다.

pum.ji.ri/a.ju/jo.sseum.ni.da

品質很好。

이것은 진짜 가죽입니까?

i.go*.seun/jin.jja/ga.ju.gim.ni.ga

這是真皮嗎?

샘플 있나요?

se*m.peul/in.na.yo

有試用包嗎?

다른 모양은 없습니까?

da.reun/mo.yang.eun/o*p.sseum.ni.ga

沒有別的模樣嗎?

이건 좀 그렇네요. 다른 건 없어요?

i.go*n/jom/geu.ro*n.ne.yo//da.reun/go*n/o*p.
sso*.yo

這個有點…,沒有其他的嗎?

죄송합니다만, 이거밖에 없어요.
jwe.song.ham.ni.da.man//i.go*.ba.ge/o*p.sso*.
yo
對不起，只有這個。

이거 회색 말고 다른 색 없어요?
i.go*/hwe.se*k/mal.go/da.reun/se*k/o*p.sso*.
yo
這個除了灰色還有別的顏色嗎？

비슷한 것이라도 없을까요?
bi.seu.tan/go*.si.ra.do/o*p.sseul.ga.yo
沒有類似的嗎？

전시품은 있어요?
jo*n.si.pu.meun/i.sso*.yo
有展示品嗎？

이건 무엇으로 만들어졌어요?
i.go*n/mu.o*.seu.ro/man.deu.ro*.jo*.sso*.yo
這是用什麼製成的？

會話一

A : 뭘 찾으세요?
mwol/cha.jeu.se.yo
您要找什麼？

B : 립케어를 찾고 있어요.
rip.ke.o*.reul/chat.go/i.sso*.yo
我在找護唇膏。
향수는 어디에 있어요?
hyang.su.neun/o*.di.e/i.sso*.yo
請問香水在哪裡呢？

會話二

A : 이건 어때요?
i.go*n/o*.de*.yo
這個怎麼樣呢？

B : 너무 수수해요.
no*.mu/su.su.he*.yo
太樸素了。
너무 화려합니다.
no*.mu/hwa.ryo*.ham.ni.da
太華麗了。

가격
ga.gyo*k
價格

이거 얼마예요 ?
i.go*/o*l.ma.ye.yo
這個多少錢 ?

그건 한 개에 만원이에요 .
geu.go*n/han/ge*.e/ma.nwo.ni.e.yo
那個一個一萬韓圜。

가격이 얼마예요 ?
ga.gyo*.gi/o*l.ma.ye.yo
價格是多少 ?

모두 얼마입니까 ?
mo.du/o*l.ma.im.ni.ga
總共多少錢 ?

전부 오만 구천원입니다 .
jo*n.bu/o.man/gu.cho*.nwo.nim.ni.da
總共是5萬9千韓圜。

이 모자의 가격은 얼마입니까 ?
i.mo.ja.ui/ga.gyo*.geun/o*l.ma.im.ni.ga
這帽子的價格是多少 ?

얼마에 샀습니까?
o*l.ma.e/sat.sseum.ni.ga
你多少錢買的？

이걸 상품권으로 샀습니다.
i.go*l/sang.pum.gwo.neu.ro/sat.sseum.ni.da
這是用商品券買的。

세금이 포함된 가격입니까?
se.geu.mi/po.ham.dwen/ga.gyo*.gim.ni.ga
是含稅的價格嗎？

이 그릇은 얼마입니까?
i/geu.reu.seun/o*l.ma.im.ni.ga
這個碗盤多少錢？

치마가 비쌉니다.
chi.ma.ga/bi.ssam.ni.da
裙子貴。

양말이 쌉니다.
yang.ma.ri/ssam.ni.da
襪子便宜。

會話一

A： 이거 얼마입니까?
i.go*/o*l.ma.im.ni.ga
這個多少錢？

B： 이거 이만오천원입니다.
i.go*/i.ma.no.cho*.nwo.nim.ni.da
這個兩萬五千韓圜。

만이천원이에요.
ma.ni.cho*.nwo.ni.e.yo
一萬兩千韓圜。

會話二

A : 이것이 비쌉니까?
i.go*.si/bi.ssam.ni.ga
這個貴嗎?

B : 네, 비쌉니다.
ne//bi.ssam.ni.da
是的,很貴。
아니요. 안 비쌉니다.
a.ni.yo//an/bi.ssam.ni.da
不,不貴。

會話三

A : 세일 기간이 언제까지입니까?
se.il/gi.ga.ni/o*n.je.ga.ji.im.ni.ga
特價期間到什麼時候?

B : 오늘까지입니다.
o.neul.ga.jji.im.ni.da
到今天。
오월까지예요.
o.wol.ga.ji.ye.yo
到五月。

값을 깎을 때
gap.sseul/ga.geul/de*
殺價時

例句

그것보다 약간 비싼 것 같군요 .
geu.go*t.bo.da/yak.gan/bi.ssan/go*t/gat.gu.nyo
好像比那個貴一點呢！

할인됩니까 ?
ha.rin.dwem.ni.ga
可以打折嗎？

그러면 얼마정도 예산하세요 ?
geu.ro*.myo*n/o*l.ma.jo*ng.do/ye.san.ha.se.yo
那您的預算大概是多少？

조금 깎아 주시겠습니까 ?
jo.geum/ga.ga/ju.si.get.sseum.ni.ga
可以算便宜一點嗎？

무엇이 제일 비쌉니까 ?
mu.o*.si/je.il/bi.ssam.ni.ga
什麼最貴？

무엇이 제일 쌉니까 ?
mu.o*.si/je.il/ssam.ni.ga
什麼最便宜？

이건 제일 싼 거예요.
i.go*n/je.il/ssan/go*.ye.yo
這個是最便宜的了。

이것은 오늘만 세일합니까?
i.go*.seun/o.neul.man/se.il.ham.ni.ga
這個只有今天打折嗎?

좀 깎아 주세요.
jom/ga.ga/ju.se.yo
算便宜一點吧!

좀 비싸네요.
jom/bi.ssa.ne.yo
有點貴耶!

싸게 해 주세요.
ssa.ge/he*/ju.se.yo
算便宜一點吧。

싸게 드릴게요.
ssa.ge/deu.ril.ge.yo
我算您便宜一點。

너무 비싸군요.
no*.mu/bi.ssa.gu.nyo
太貴了。

할인이 가능한가요?
ha.ri.ni/ga.neung.han.ga.yo
可以打折嗎?

20 퍼센트 할인해 주실 수 있습니까 ?
i.sip.po*.sen.teu/ha.rin.he*/ju.sil/su/it.sseum.
ni.ga
可以打八折給我嗎 ?

더 깎아 주실 수는 없나요 ?
do*/ga.ga/ju.sil/su.neun/o*m.na.yo
不能再便宜一點嗎 ?

전 지금 오만원밖에 없습니다 .
jo*n/ji.geum/o.ma.nwon.ba.ge/o*p.sseum.ni.da
我現在只有五萬韓圜。

두 개를 사시면 만팔천원에 드릴게요 .
du/ge*.reul/ssa.si.myo*n/man.pal.cho*.nwo.ne/
deu.ril.ge.yo
您買兩個的話，我算您一萬八千韓圜。

전 그렇게 많은 돈이 없습니다 .
jo*n/geu.ro*.ke/ma.neun/do.ni/o*p.sseum.ni.da
我沒有那麼多得錢。

더 깎아 주신다면 제가 다 사겠습니다 .
do*/ga.ga/ju.sin.da.myo*n/je.ga/da/sa.get.
sseum.ni.da
您如果再算我便宜一點，我全部都買了。

會話

A : 깎아 주세요.
ga.ga/ju.se.yo
請算便宜一點。

B : 그러면 이만원에 드릴게요.
geu.ro*.myo*n/i.ma.nwo.ne/deu.ril.ge.yo
那算您兩萬韓圓。

죄송합니다. 깎아 드릴 수 없어요.
jwe.song.ham.ni.da//ga.ga/deu.ril/su/o*p.
sso*.yo

對不起，不能打折給您。

付帳

카운터	ka.un.to*	收銀台
가격표	ga.gyo*k.pyo	價格牌
현금	hyo*n.geum	現金
신용카드	si.nyong.ka.deu	信用卡
포인트	po.in.teu	點數
영수증	yo*ng.su.jeung	收據
포장	po.jang	包裝
환불	hwan.bul	退費
교환	gyo.hwan	換貨

계산대
gye.san.de*
收銀台

例句

어디서 계산합니까 ?
o*.di.so*/gye.san.ham.ni.ga
在哪裡結帳 ?

결제는 카드로 하실 겁니까 ?
gyo*l.je.neun/ka.deu.ro/ha.sil/go*m.ni.ga
您要用信用卡付款嗎 ?

현금으로 하실 겁니까 ?
hyo*n.geu.meu.ro/ha.sil/go*m.ni.ga
您要用現金付款嗎 ?

세금이 포함되어 있습니까 ?
se.geu.mi/po.ham.dwe.o*/it.sseum.ni.ga
有含稅嗎 ?

돈이 모자랍니다 .
do.ni/mo.ja.ram.ni.da
我錢不夠。

여행자 수표를 사용할 수 있습니까 ?
yo*.he*ng.ja/su.pyo.reul/ssa.yong.hal/ssu/
it.sseum.ni.ga
可以使用旅行支票嗎 ?

영수증을 주시겠습니까?

yo*ng.su.jeung.eul/jju.si.get.sseum.ni.ga

可以給我收據嗎?

마음에 들어요 . 이걸로 주세요 .

ma.eu.me/deu.ro*.yo//i.go*l.lo/ju.se.yo

我很喜歡,我要買這個。

죄송합니다 . 우리는 현금만 받습니다 .

jwe.song.ham.ni.da//u.ri.neun/hyo*n.geum.
man/bat.sseum.ni.da

對不起,我們只收現金。

여기서는 얼마에 팝니까?

yo*.gi.so*.neun/o*l.ma.e/pam.ni.ga

這裡賣多少?

그걸로 사겠습니다 .

geu.go*l.lo/sa.get.sseum.ni.da

我要買那個。

다음에 또 오세요 .

da.eu.me/do/o.se.yo

歡迎下次光臨。

하나 사면 덤으로 하나 더 드립니다 .

ha.na/sa.myo*n/do*.meu.ro/ha.na/do*/deu.rim.
ni.da

買一個就送一個。

이거 하나 주세요 .

i.go*/ha.na/ju.se.yo

我要買一個這個。

결정했어요 . 이것을 주세요 .
gyo*l.jo*ng.he*.sso*.yo//i.go*.seul/jju.se.yo
我決定了，我要買這個。

포장되나요 ?
po.jang.dwe.na.yo
可以包裝嗎？

따로 따로 포장해 주세요 .
da.ro/da.ro/po.jang.he*/ju.se.yo
請幫我分開包裝。

선물용으로 포장해 주시겠어요 ?
so*n.mu.ryong.eu.ro/po.jang.he*/ju.si.ge.sso*.
yo
要送人的，可以幫我包裝嗎？

비닐봉지 하나 더 주세요 .
bi.nil.bong.ji/ha.na/do*/ju.se.yo
請再給我一個塑膠袋。

종이 봉투 좀 주시겠어요 ?
jong.i/bong.tu/jom/ju.si.ge.sso*.yo
可以給我紙袋嗎？

會話一

A : 어떻게 지불하시겠어요?
　　o*.do*.ke/ji.bul.ha.si.ge.sso*.yo
　　您要怎麼付款？

B : 현금으로 내겠습니다.
　　hyo*n.geu.meu.ro/ne*.get.sseum.ni.da
　　我要用現金付款。

신용카드로 지불하겠어요.
si.nyong.ka.deu.ro/ji.bul.ha.ge.sso*.yo
我要刷卡。

會話二

A : 신용카드 받습니까?
si.nyong.ka.deu/bat.sseum.ni.ga
可以刷卡嗎？

B : 물론입니다.
mul.lo.nim.ni.da
當然可以。
죄송합니다. 카드는 안 됩니다.
jwe.song.ham.ni.da//ka.deu.neun/an/
dwem.ni.da
對不起，不能刷卡。

교환 및 환불
gyo.hwan/mit/hwan.bul
退換貨

例句

이것을 반품할 수 있나요 ?
i.go*.seul/ban.pum.hal/ssu/in.na.yo
這可以退貨嗎？

이 도자기는 흠집이 있어요 .
i/do.ja.gi.neun/heum.ji.bi/i.sso*.yo
這陶瓷品有瑕疵。

죄송합니다 . 환불은 안 됩니다 .
jwe.song.ham.ni.da/hwan.bu.reun/an/dwem.
ni.da
對不起，不可以退費。

이 셔츠를 반품하고 싶은데요 .
i/syo*.cheu.reul/ban.pum.ha.go/si.peun.de.yo
這件襯衫我想退貨。

왜 교환하시려고 하십니까 ?
we*/gyo.hwan.ha.si.ryo*.go/ha.sim.ni.ga
您為什麼要換呢？

영수증을 가지고 오셨어요 ?
yo*ng.su.jeung.eul/ga.ji.go/o.syo*.sso*.yo
您有帶收據來嗎？

이 신발을 조금 큰 사이즈로 바꿔 주세요 .
i/sin.ba.reul/jjo.geum/keun/sa.i.jeu.ro/ba.gwo/
ju.se.yo
請幫我把這雙鞋換成大一號的。

이 손수건을 빨간색으로 바꿀 수 있을까요 ?
i/son.su.go*.neul/bal.gan.se*.geu.ro/ba.gul/su/
i.sseul.ga.yo
這條手帕可以換成紅色嗎？

어제 이걸 샀는데 너무 커요 . 교환해 주시겠어요 ?
o*.je/i.go*l/san.neun.de/no*.mu/ko*.yo//gyo.
hwan.he*/ju.si.ge.sso*.yo
昨天我買了這個，可是太大了，可以幫我換嗎？

다른 사이즈로 바꿔도 될까요 ?
da.reun/sa.i.jeu.ro/ba.gwo.do/dwel.ga.yo
可以換成別的尺寸嗎？

영수증이 있어야 환불할 수 있습니다 .
yo*ng.su.jeung.i/i.sso*.ya/hwan.bul.hal/ssu/
it.sseum.ni.da
要有收據，才可以退費。

이걸 다른 것으로 바꾸고 싶어요 .
i.go*l/da.reun/go*.seu.ro/ba.gu.go/si.po*.yo
我想把這個換成別的。

품질이 안 좋아서 반품하고 싶습니다 .
pum.ji.ri/an/jo.a.so*/ban.pum.ha.go/sip.sseum.
ni.da
因為品質不好，我想退貨。

會話一

A : 이틀 전에 이 카메라를 샀는데 고장이 났어요.
i.teul/jjo*.ne/i/ka.me.ra.reul/ssan.neun.de/
go.jang.i/na.sso*.yo
兩天前我買了這個相機，但是故障了。

B : 아, 새 것으로 바꿔 드리겠습니다.
a//se*/go*.seu.ro/ba.gwo/deu.ri.get.
sseum.ni.da
啊，那我換新的給您。

會話二

A : 환불해 줄 수 있습니까?
hwan.bul.he*/jul/su/it.sseum.ni.ga
可以退費嗎？

B : 환불은 안 되지만 교환할 수 있습니다.
hwan.bu.reun/an/dwe.ji.man/gyo.hwan.
hal/ssu/it.sseum.ni.da
不可以退費，但是可以換貨。

韓語會話GO
萬用小抄一本就 **한국어 회화책,**
이 책 하나면 충분!

기쁨
gi.beum
高興

너무 기뻐요.
no*.mu/gi.bo*.yo
太高興了。

참 잘 됐어요.
cham/jal/dwe*.sso*.yo
太好了。

기분 좋아요.
gi.bun/jo.a.yo
心情好。

만족해요.
man.jo.ke*.yo
很滿足。

행복해요.
he*ng.bo.ke*.yo
很幸福。

무슨 좋은 일이라도 있어요?
mu.seun/jo.eun/i.ri.ra.do/i.sso*.yo
有什麼好事情嗎?

신나요 .
sin.na.yo
興奮。

정말 반가운 소식이네요 .
jo*ng.mal/ban.ga.un/so.si.gi.ne.yo
真是令人高興的消息。

오늘 기분 끝내 주네요 .
o.ncul/gi.bun/geun.ne*/ju.ne.yo
今天的心情太棒了。

**너무 기뻐서 무슨 말을 해야 할 지 모르겠
어 .**
no*.mu/gi.bo*.so*/mu.seun/ma.reul/he*.ya/hal/
jji/mo.reu.ge.sso*
開心到都不知道該説什麼。

자유를 얻게 되어서 기뻐요 .
ja.yu.reul/o*t.ge/dwe.o*.so*/gi.bo*.yo
很開心得到自由。

지금 기분이 되게 좋아요 .
ji.geum/gi.bu.ni/dwe.ge/jo.a.yo
現在的心情非常好。

會話

A : 기분 좋아 보이네. 무슨 좋은 일이라도 있
　　어?
　　gi.bun/jo.a/bo.i.ne//mu.seun/jo.eun/i.ri.
　　ra.do/i.sso*
　　你心情看起來很好耶！有什麼好事
　　嗎？

B : 나 복권 당첨됐거든!
na/bok.gwon/dang.cho*m.dwe*t.go*.deun
我彩券中獎了！

A : 진짜? 얼마에 당첨됐어?
jin.jja//o*l.ma.e/dang.cho*m.dwe*.sso*
真的嗎？中多少錢啊？

B : 오십만원에 당첨됐어.
o.sim.ma.nwo.ne/dang.cho*m.dwe*.sso*
中了五十萬韓圜。

A : 정말 운이 좋네. 밥 사야지.
jo*ng.mal/u.ni/jon.ne//bap/sa.ya.ji
運氣很好耶，你要請客。

슬픔
seul.peum
悲傷

例句

울고 싶은 심정이야 !
ul.go/si.peun/sim.jo*ng.i.ya
現在是想哭的心情啊！

나 우울해 .
na/u.ul.he*
我很憂鬱。

기분이 별로예요 .
gi.bu.ni/byo*l.lo.ye.yo
心情不怎麼樣。

슬픈 건 나야 .
seul.peun/go*n/na.ya
難過的是我。

널 보면 내 마음이 아파 .
no*l/bo.myo*n/ne*/ma.eu.mi/a.pa
看到你，我就心痛。

속상해 죽겠어요 .
sok.ssang.he*/juk.ge.sso*.yo
心情超差。

나 정말 괴로워 .
na/jo*ng.mal/gwe.ro.wo
我真的很傷心。

요즘 우울해요 .
yo.jeum/u.ul.he*.yo
最近很憂鬱。

좀 답답해요 .
jom/dap.da.pe*.yo
有點煩悶。

會話

A : 표정이 왜 그래? 뭐 기분 안 좋은 일이라도
있었어?
pyo.jo*ng.i/we*/geu.re*//mwo/gi.bun/an/
jo.eun/i.ri.ra.do/i.sso*.sso*
表情怎麼那樣？有什麼心情不好的事
情嗎？

B : 오늘 집에서 부모님께 야단을 맞았어.
o.neul/jji.be.so*/bu.mo.nim.ge/ya.da.neul/
ma.ja.sso*
今天在家裡被父母親罵了。

A : 이번 기말고사 성적 때문이었어?
i.bo*n/gi.mal.go.sa/so*ng.jo*k/de*.mu.ni.
o*.sso*
是因為這次期末考的成績嗎？

B : 응, 정말 울고 싶어.
eung//jo*ng.mal/ul.go/si.po*
恩，真的好想哭。

감동
gam.dong
感動

例句

감동 받았어요 .
gam.dong/ba.da.sso*.yo
我很感動。

완전 감동 먹었어 .
wan.jo*n/gam.dong/mo*.go*.sso*
太感人了。

눈물이 날 것 같아 .
nun.mu.ri/nal/go*t/ga.ta
眼淚好像要掉下來了。

나는 마음이 뿌듯하고 기뻐요 .
na.neun/ma.eu.mi/bu.deu.ta.go/gi.bo*.yo
我心滿意足也很開心。

깊은 감동을 받았습니다 .
gi.peun/gam.dong.eul/ba.dat.sseum.ni.da
我深受感動。

이 순간을 잊지 못할 거야 .
i/sun.ga.neul/it.jji/mo.tal/go*.ya
我不會忘記這一刻的。

너무 감동적이어서 눈물 흘렸어요 .
no*.mu/gam.dong.jo*.gi.o*.so*/nun.mul/heul.
lyo*.sso*.yo
太感動了，眼淚流下來了。

나 완전 감동했어 !
na/wan.jo*n/gam.dong.he*.sso*
我超級感動！

영화가 참 감동적이죠 ?
yo*ng.hwa.ga/cham/gam.dong.jo*.gi.jyo
電影真的很感人吧？

會話一

A : 너 울었어? 왜?
no*/u.ro*.sso*//we*
你哭了？為什麼？

B : 이 영화는 너무 감동적이야.
i/yo*ng.hwa.neun/no*.mu/gam.dong.jo*.
gi.ya
這部電影太感人了。

A : 아, 이 영화 나도 봤어. 그 때 영화관에 안
우는 사람 없었어.
a//i/yo*ng.hwa/na.do/bwa.sso*//geu.de*/
yo*ng.hwa.gwa.ne/an/u.neun/sa.ram/o*p.
sso*.sso*
啊！這部電影我也看了。那個時候電
影院沒有人不哭的。

B：배우의 연기도 뛰어나고 배경 음악도 좋았
어.
be*.u.ui/yo*n.gi.do/dwi.o*.na.go/be*.
gyo*ng/eu.mak.do/jo.a.sso*
演員的演技很棒，背景音樂也很好
聽。

會話二

A：여기까지 와 줘서 너무 김사해요.
yo*.gi.ga.ji/wa/jwo.so*/no*.mu/gam.
sa.he*.yo
很感謝你能來這裡。

B：아닙니다. 도와 드릴 수 있어서 기뻐요.
a.nim.ni.da//do.wa/deu.ril/su/i.sso*.so*/
gi.bo*.yo
不會，可以幫到您我很高興。

분노
bun.no
生氣

例句

왜 나한테 화를 내요?
we*/na.han.te/hwa.reul/ne*.yo
幹嘛對我生氣?

난 네가 싫어.
nan/ni.ga/si.ro*
我討厭你!

내 앞에서 꺼져!
ne*/a.pe.so*/go*.jo*
你滾開我的視線!

너 입 다물어!
no*/ip/da.mu.ro*
你給我閉嘴!

너 미쳤구나.
no*/mi.cho*t.gu.na
你瘋了!

너 뭐라 했어?
no*/mwo.ra/he*.sso*
你説什麼?

너 그게 무슨 태도야?

no*/geu.ge/mu.seun/te*.do.ya

你那是什麼態度?

왜 성질 내고 그래요? 누가 건드렸어요?

we*/so*ng.jil/ne*.go/geu.re*.yo//nu.ga/go*n.
deu.ryo*.sso*.yo

你生什麼氣?誰惹你了?

어떻게 이럴 수가.

o*.do*.ke/i.ro*l/su.ga

真是豈有此理。

會話

A : 왜 화났어?
   we*/hwa.na.sso*
   你為什麼生氣?

B : 오빠 내가 왜 화났는지 모르겠어?
   o.ban/ne*.ga/we*/hwa.nan.neun.ji/mo.reu.
   ge.sso*
   哥你不知道我為什麼生氣?

A : 나 또 잘못한 거야? 미안해. 내가 전부 다
   잘못했으니까 화 풀어.
   na/do/jal.mo.tan/go*.ya//mi.an.he*//ne*.
   ga/jo*n.bu/da/jal.mo.te*.sseu.ni.ga/hwa/
   pu.ro*
   我又做錯了嗎?對不起!全部都我的
   錯,別氣了!

B : 됐어. 너 나가! 꼴도 보기 싫어!
   dwe*.sso*//no*/na.ga/gol.do/bo.gi/si.ro*
   算了,你出去!我不想看到你!

喜怒
哀樂篇   333

격려
gyo*ng.nyo*
鼓勵

절대 포기하지 마요 .
jo*l.de*/po.gi.ha.ji/ma.yo
千萬別放棄！

원숭이도 나무에서 떨어질 때가 있어요 .
won.sung.i.do/na.mu.e.so*/do*.ro*.jil/de*.ga/
i.sso*.yo
人有失手，馬有失蹄。

네 마음 충분히 이해해 .
ni/ma.eum/chung.bun.hi/i.he*.he*
我能明白你的感受。

흔히 있는 일이야 .
heun.hi/in.neun/i.ri.ya
那是常有的事。

잘 해낼 거예요 .
jal/he*.ne*l/go*.ye.yo
你一定會辦得到的。

다시 한 번 해 봐요 .
da.si/han/bo*n/he*/bwa.yo
你再試試看吧！

낙심하지 말아요.
nak.ssim.ha.ji/ma.ra.yo
別灰心。

별 거 아니야. 너무 심각하게 생각하지 마.
byo*l/go*/a.ni.ya//no*.mu/sim.ga.ka.ge/se*ng.
ga.ka.ji/ma
那沒什麼。不要想得太嚴重了。

會話

A : 정식 공연은 바로 내일이야. 아직도 떨려.
　　어떡해?
　　jo*ng.sik/gong.yo*.neun/ba.ro/ne*.i.ri.ya//
　　a.jik.do/do*l.lyo*//o*.do*.ke*
　　正式公演就是明天了，現在還很緊
　　張，怎麼辦？

B : 넌 잘 할 수 있어. 화이팅!
　　no*n/jal/hal/ssu/i.sso*//hwa.i.ting
　　你可以辦到的！加油！

A : 난 자신 없어.
　　nan/ja.sin/o*p.sso*
　　我沒有信心。

B : 걱정 마. 오빠가 많이 도와 줄게.
　　go*k.jjo*ng/ma//o.ba.ga/ma.ni/do.wa/jul.
　　ge
　　別擔心，哥哥我會全力幫你。

불만
bul.man
不滿

例句

불만 있어요.
bul.man/i.sso*.yo
我很不滿。

너무 심한 거 아니야?
no*.mu/sim.han/go*/a.ni.ya
你不會太過份嗎？

너도 내 입장이 되어봐.
no*.do/ne*/ip.jjang.i/dwe.o*.bwa
你也站在我的立場看看。

두고 보자.
du.go/bo.ja
走著瞧。

그런 게 어디 있어!이건 사기야!
geu.ro*n/ge/o*.di/i.sso*//i.go*n/sa.gi.ya
哪有那樣的。那是詐騙！

더 이상 참을 수 없어요.
do*/i.sang/cha.meul/ssu/o*p.sso*.yo
我再也無法忍受了。

會話

A : 네가 나한테 어떻게 그럴 수 있어?
ne.ga/na.han.te/o*.do*.ke/geu.ro*l/su/
i.sso
你怎麼可以對我那樣？

B : 내가 왜?
ne*.ga/we*
我怎麼了？

A : 어떻게 사람들 앞에서 나를 망신시켜?
o*.do*.ke/sa.ram.deul/a.pe.so*/na.reul/
mang.sin.si.kyo*
你怎麼可以在人前讓我丟臉？

B : 에이, 농담이잖아. 삐졌어?
e.i//nong.da.mi.ja.na//bi.jo*.sso*
唉呦，那是玩笑話嘛！生氣囉？

기대
gi.de*
期待

例句

정말 기대가 커요!
jo*ng.mal/gi.de*.ga/ko*.yo
真的很期待!

정말 가 보고 싶네요.
jo*ng.mal/ga.bo.go/sim.ne.yo
真的很想去看看呢!

오빠도 왔으면 좋겠어요.
o.ba.do/wa.sseu.myo*n/jo.ke.sso*.yo
希望哥哥你也能來。

기대하고 있겠습니다.
gi.de*.ha.go/it.get.sseum.ni.da
我會期待的。

하루라도 빨리 당신을 다시 만나고 싶어요.
ha.ru.ra.do/bal.li/dang.si.neul/da.si/man.na.go/
si.po*.yo
希望能早點再見到你。

항상 행운이 함께 하길 바랍니다.
hang.sang/he*ng.u.ni/ham.ge/ha.gil/ba.ram.
ni.da
希望幸運總是伴隨著你。

언제나 늘 행복하길 바래요.

o*n.je.na/neul/he*ng.bo.ka.gil/ba.re*.yo

希望你永遠幸福。

會話

A : 배우 배용준이 다음 달에 대만에 온대.
be*.u/be*.yong.ju.ni/da.eum/da.re/de*.
ma.ne/on.de*
聽説演員裴勇俊下個月要來台灣。

B : 진짜? 이 소식은 어디서 들었어?
jin.jja//i/so.si.geun/o*.di.so*/deu.ro*.sso*
真的嗎？這個消息你在哪裡聽説的？

A : 어제 밤 뉴스에서 들었어.
o*.je/bam/nyu.seu.e.so*/deu.ro*.sso*
昨天晚上的新聞説的。

B : 드디어 용준 오빠를 만날 수 있겠네. 너무
기대돼.
deu.di.o*/yong.jun/o.ba.reul/man.nal/ssu/
it.gen.ne//no*.mu/gi.de*.dwe*
我終於可以見到勇俊哥了，好期待
啊！

실망
sil.mang
失望

정말 아쉽다!
jo*ng.mal/a.swip.da
真是遺憾！

굉장히 실망했어요.
gweng.jang.hi/sil.mang.he*.sso*.yo
非常失望。

나를 실망시키지 마.
na.reul/ssil.mang.si.ki.ji/ma
別讓我失望。

헛수고 했어요.
ho*t.ssu.go/he*.sso*.yo
白忙一場了。

어떻게 이런 결과가 나왔나요?
o*.do*.ke/i.ro*n/gyo*l.gwa.ga/na.wan.na.yo
怎麼會出現這樣的結果呢？

오늘 왜 이렇게 운이 안 좋지?
o.neul/we*/i.ro*.ke/u.ni/an/jo.chi
今天為什麼運氣這麼不好？

완전 대실망이네요 .
wan.jo*n/de*.sil.mang.i.ne.yo
真的超級失望耶！

내가 사람을 잘못 봤네 . 정말 실망이네 .
ne*.ga/sa.ra.meul/jjal.mot/bwan.ne//jo*ng.mal/
ssil.mang.i.ne
我看錯人了，真失望！

會話

A : 오늘 네 생일인데 왜 이런 표정이야?
o.neul/ni/se*ng.i.rin.de/we*/i.ro*n/pyo.
jo*ng.i.ya
今天是你的生日，怎麼是這種表情？

B : 아쉬워, 그녀가 안 오니까!
a.swi.wo//geu.nyo*.ga/an/o.ni.ga
很可惜，她沒來。

A : 누군데? 오빠가 좋아하는 애야?
nu.gun.de//o.ba.ga/jo.a.ha.neun/e*.ya
誰啊？哥哥你喜歡的人？

B : 응, 그녀도 파티에 초대했는데 역시 안 오
네.
eung//geu.nyo*.do/pa.ti.e/cho.de*.he*n.
neun.de/yo*k.ssi/an/o.ne
恩，我也邀請她來參加派對，果然不
來。

동의
dong.ui
同意

나도 동의해요 .
na.do/dong.ui.he*.yo
我也同意。

바로 그렇습니다 .
ba.ro/geu.ro*.sseum.ni.da
正是如此。

그게 바로 제 생각입니다 .
geu.ge/ba.ro/je/se*ng.ga.gim.ni.da
那正是我所認為的(我也這麼想)。

저도 그 의견에 동의합니다 .
jo*.do/geu.ui.gyo*.ne/dong.ui.ham.ni.da
我也同意那個意見。

네 말이 맞아 .
ni/ma.ri/ma.ja
你説得沒錯。

저도 그렇게 생각합니다 .
jo*.do/geu.ro*.ke/se*ng.ga.kam.ni.da
我也是那麼認為。

영원히 지지할게요 .
yo*ng.won.hi/ji.ji.hal.ge.yo
我永遠支持你。

왜 동의합니까 ?
we* dong.ui.ham.ni.ga
為什麼同意呢？

會話

A : 이번 연휴를 이용해서 해외 여행 하고 싶은
데 어떻게 생각해?
i.bo*n/yo*n.hyu.reul/i.yong.he*.so*/he*.
we/yo*.he*ng/ha.go/si.peun.de/o*.do*.ke/
se*ng.ga.ke*
我想利用這次連假去國外旅行，你怎
麼認為？

B : 좋은 생각이네. 어디로 여행 가고 싶어?
jo.eun/se*ng.ga.gi.ne//o*.di.ro/yo*.he*ng/
ga.go/si.po*
不錯的想法耶！你想去哪裡旅行呢？

A : 캐나다는 어때?
ke*.na.da.neun/o*.de*
加拿大怎麼樣？

B : 완전 동의해! 캐나다는 내가 제일 가고 싶
은 곳이거든.
wan.jo*n/dong.ui.he*//ke*.na.da.neun/ne*.
ga/je.il/ga.go/si.peun/go.si.go*.deun
我超級同意！加拿大是我最想去的地
方呢！

반대
ban.de*
反對

동의하지 않습니다.
dong.ui.ha.ji/an.sseum.ni.da
我不同意

저는 그렇게 생각하지 않습니다.
jo*.neun/geu.ro*.ke/se*ng.ga.ka.ji/an.sseum.
ni.da
我不那樣認為。

그건 그쪽 생각이죠.
geu.go*n/geu.jjok/se*ng.ga.gi.jyo
那是你的想法。

절대 안 돼요!
jo*l.de*/an/dwe*.yo
絕對不行。

제 생각은 다릅니다.
je/se*ng.ga.geun/da.reum.ni.da
我的想法不同。

난 찬성하지 않아요.
nan/chan.so*ng.ha.ji/a.na.yo
我不贊成。

저 반대하지 않아요 .

jo*/ban.de*.ha.ji/a.na.yo

我不反對。

A : 동성애에 대해서 어떻게 생각하세요?
dong.so*ng.e*.e/de*.he*.so*/o*.do*.ke/
se*ng.ga.ka.se.yo
你對同性戀是怎麼想的呢?

B : 저는 동성애에 대해서 반대합니다.
jo*.neun/dong.so*ng.e*.e/de*.he*.so*/ban.
de*.ham.ni.da
我反對同性戀。

A : 반대하는 이유는 뭐예요?
ban.de*.ha.neun/i.yu.neun/mwo.ye.yo
你反對的理由是什麼?

B : 동성애 결혼이 많아지면 저출산율 문제가
더욱 심각해집니다.
dong.so*ng.e*/gyo*l.ho.ni/ma.na.ji.myo*n/
jo*.chul.sa.nyul/mun.je.ga/do*.uk/sim.
ga.ke*.jim.ni.da
同性結婚增多的話,低生產率的問題
會更嚴重。

후회
hu.hwe
後悔

너무 후회돼요 .
no*.mu/hu.hwe.dwe*.yo
很後悔。

이 남자랑 결혼한 게 너무 후회돼요 .
i/nam.ja.rang/gyo*l.hon.han/ge/no*.mu/
hu.hwe.dwe*.yo
我很後悔和這個男人結婚。

지금까지도 너무 후회가 돼요 .
ji.geum.ga.ji.do/no*.mu/hu.hwe.ga/dwe*.yo
到現在仍很後悔。

내가 일찍 전화를 했어야 했는데 !
ne*.ga/il.jjik/jo*n.hwa.reul/he*.sso*.ya/he*n.
neun.de
我應該早點打電話才對。

부대찌개를 주문할 걸 그랬어 .
bu.de*.jji.ge*.reul/jju.mun.hal/go*l/geu.re*.sso*
我應該點部隊鍋的。

과자를 그렇게 많이 먹는 게 아니었는데 .
gwa.ja.reul/geu.ro*.ke/ma.ni/mo*ng.neun/ge/
a.ni.o*n.neun.de
我不該吃那麼多點心的。

이렇게 될 줄은 생각 못 했어요 .
i.ro*.ke/dwel/ju.reun/se*ng.gak/mot/he*.sso*.
yo
我沒想到事情會變這樣。

그렇게 힘든 줄 몰랐어요 .
geu.ro*.ke/him.deun/jul/mol.la.sso*.yo
我沒想到會這麼辛苦。

會話

A : 안 먹어? 뭘 생각해? 또 무슨 일이야?
an/mo*.go*//mwol/se*ng.ga.ke*//do/
mu.seun/i.ri.ya
你不吃嗎？在想什麼？又有什麼事
嗎？

B : 어제도 여친이랑 크게 싸웠어.
o*.je.do/yo*.chi.ni.rang/keu.ge/ssa.
wo.sso*
昨天又和女朋友大吵一架。

A : 왜 싸운 거야?
we*/ssa.un/go*.ya
為什麼吵架呢？

B : 그 여자랑 사귀지 말았어야 했는데!
geu/yo*.ja.rang/sa.gwi.ji/ma.ra.sso*.ya/
he*n.neun.de
我不該跟她交往才對。

거절
go*.jo*l
拒絕

例句

안 돼요.
an/dwe*.yo
不行。

거절해요.
go*.jo*l.he*.yo
我拒絕。

아무래도 안 되겠어요.
a.mu.re*.do/an/dwe.ge.sso*.yo
真的不行。

난 그렇게 못해요.
nan/geu.ro*.ke/mo.te*.yo
我辦不到。

저는 정말 못하겠습니다.
jo*.neun/jo*ng.mal/mo.ta.get.sseum.ni.da
我真的辦不到。

하고 싶지 않아요.
ha.go/sip.jji/a.na.yo
我不想做。

미안해요 , 지금은 무리예요 .
mi.an.he*.yo//ji.geu.meun/mu.ri.ye.yo
對不起，現在沒辦法。

글쎄요 , 아마도 다른 기회에 .
geul.sse.yo//a.ma.do/da.reun/gi.hwe.e
這個嘛！大概要下次⋯。

죄송합니다 . 해야 할 일이 있습니다 .
jwe.song.ham.ni.da//he*.ya/hal/i.ri/it.sseum.
ni.da
對不起，我有必須做的事。

그러고 싶은데 다른 약속이 있어요 .
geu.ro*.go/si.peun.de/da.reun/yak.sso.gi/
i.sso*.yo
我也想，但是有其他的約了。

會話

A : 민지야, 부탁할 게 있는데 들어줄래?
    min.ji.ya//bu.ta.kal/ge/in.neun.de/deu.ro*.
    jul.le*
    旼志，有事想拜託你，你願意聽嗎？

B : 뭔데?
    mwon.de
    什麼事？

A : 이번 새로 나온 스마트폰을 너무 갖고 싶은
데 돈 좀 빌려 줄래?
i.bo*n/se*.ro/na.on/seu.ma.teu.po.neul/
no*.mu/gat.go/si.peun.de/don/jom/bil.lyo*/
jul.le*
我很想要這次新出的智慧型手機,你
可以借我點錢嗎?

B : 빌려 줄 수 없어. 지난 번에 빌려 준 돈도
아직 안 갚았잖아.
bil.lyo*/jul/su/o*p.sso*//ji.nan/bo*.ne/bil.
lyo*/jun/don.do.a.jik/an/ga.pat.jja.na
不能借你,上次借你的錢你也還沒還
不是?

비난
bi.nan
責罵

例句

넌 언제 철 드니 ?
no*n/o*n.je/cho*l/deu.ni
你什麼時候會懂事？

똑바로 좀 행동해 !
dok.ba.ro/jom/he*ng.dong.he*
正經一點!

왜 그렇게 유치하니 ?
we*/geu.ro*.ke/yu.chi.ha.ni
你怎麼那麼幼稚？

닥쳐 !
dak.cho*
閉嘴！

나를 만만하게 보지 마 .
na.reul/man.man.ha.ge/bo.ji/ma
不要覺得我好欺負。

넌 이제 죽었어 .
no*n/i.je/ju.go*.sso*
你現在死定了。

내 말 안 듣더니 , 그래 꼴 좋다 .
ne*/mal/an/deut.do*.ni//geu.re*/gol/jo.ta
不聽我的話，你看現在可好？

말을 함부로 하면 안 돼요 .
ma.reul/ham.bu.ro/ha.myo*n/an/dwe*.yo
話不可以亂説。

말 조심하세요 !
mal/jjo.sim.ha.se.yo
你説話注意點。

이번 한 번만 봐 준다 .
i.bo*n/han/bo*n.man/bwa/jun.da
這次就放過你。

그건 말도 안 돼요 .
geu.go*n/mal.do/an/dwe*.yo
那太不像話。

會話一

A : 이봐 자네. 오늘도 지각이네.
　　i.bwa/ja.ne//o.neul.do/ji.ga.gi.ne
　　我説你今天又遲到了！

B : 정말 죄송합니다. 길이 많이 막혀서.
　　jo*ng.mal/jjwe.song.ham.ni.da//gi.ri/ma.ni/
　　ma.kyo*.so*
　　真的很抱歉，路上塞車。

A : 내게 그런 핑계 대지 마. 왜 그렇게 책임감
이 없어?
ne*.ge/geu.ro*n/ping.gye/de*.ji/ma//we*/
geu.ro*.ke/che*.gim.ga.mi/o*p.sso*
不要用那種藉口搪塞。你怎麼那麼沒
有責任感？

B : 잘못했습니다. 다음에 주의하겠습니다.
jal.mo.te*t.sseum.ni.da//da.eu.me/ju.ui.
ha.get.sseum.ni.da
我錯了，我下次會注意。

會話二

A : 다시는 이런 실수하지 마요.
da.si.neun/i.ro*n/sil.su.ha.ji/ma.yo
不要再犯這種錯。

B : 죄송합니다. 앞으로 주의하도록 하겠습니
다.
jwe.song.ham.ni.da//a.peu.ro/ju.ui.ha.do.
rok/ha.get.sseum.ni.da
對不起，我以後會注意。

놀라움
nol.la.um
驚訝

그럴 리 없어 .
geu.ro*l/ri/o*p.sso*
那是不可能的！

정말 뜻밖이야 !
jo*ng.mal/deut.ba.gi.ya
太意外了！

그럴 리가 ?!
geu.ro*l/ri.ga
怎麼可能！

세상에 !
se.sang.e
天哪！

뭐라고요 ?
mwo.ra.go.yo
你説什麼？

농담하지 마세요 !
nong.dam.ha.ji/ma.se.yo
別開玩笑！

깜짝 놀랐어요 .
gam.jjak/nol.la.sso*.yo
嚇我一跳！

꿈에도 생각 못했어요 .
gu.me.do/se*ng.gak/mo.te*.sso*.yo
我做夢也沒想到。

그런 일이 어떻게 있을 수 있죠 ?
geu.ro*n/i.ri/o*.do*.ke/i.sseul/ssu.it.jjyo
怎會有這種事呢？

會話

A : 준영 선배가 다음 달에 결혼할 거래.
ju.nyo*ng/so*n.be*.ga/da.eum/da.re/gyo*l.
hon.hal/go*.re*
聽說俊英前輩下個月要結婚了。

B : 뭐? 정말이야? 신부는 누구야?
mwo//jo*ng.ma.ri.ya//sin.bu.neun/nu.gu.
ya
什麼？真的嗎？新娘是誰？

A : 신부는 선배 일하던 회사의 후배래.
sin.bu.neun/so*n.be*/il.ha.do*n/hwe.sa.ui/
hu.be*.re*
聽說新娘是前輩以前公司的後輩。

B : 나도 아는 애야?
na.do/a.neun/e*.ya
我也認識嗎？

허락 구하기
ho*.rak/gu.ha.gi
徵求同意

例句

먹어봐도 되나요 ?
mo*.go*.bwa.do/dwe.na.yo
我可以吃看看嗎？

제가 안에 들어가도 돼요 ?
je.ga/a.ne/deu.ro*.ga.do/dwe*.yo
我可以進去裡面嗎？

담배 좀 피워도 돼요 ?
dam.be*/jom/pi.wo.do/dwe*.yo
我可以抽根菸嗎？

이제 퇴근해도 될까요 ?
i.je/twe.geun.he*.do/dwel.ga.yo
我現在可以下班嗎？

잔업은 하지 않아도 돼요 ?
ja.no*.beun/ha.ji/a.na.do/dwe*.yo
我可以不加班嗎？

사과 안 해도 돼요 .
sa.gwa/an/he*.do/dwe*.yo
你可以不用道歉。

이런 남자와 결혼해도 될까요?
i.ro*n/nam.ja.wa/gyo*l.hon.he*.do/dwel.ga.yo
我可以跟這種男人結婚嗎？

會話

A : 이게 뭐야?
i.ge/mwo.ya
這是什麼？

B : 내 일기장이야.
ne*/il.gi.jang.i.ya
是我的日記本。

A : 나 봐도 돼?
na/bwa.do/dwe*
我可以看嗎？

B : 안 돼! 보면 죽는다!
an/dwe*//bo.myo*n/jung.neun.da
不行，你敢看就死定了！

맞장구 칠 때
mat.jjang.gu/chil/de*
附和他人

例句

알겠어요.
al.ge.sso*.yo
我知道了。

그래요?
geu.re*.yo
是嗎?

왜요?
we*.yo
為什麼?

당연하죠.
dang.yo*n.ha.jyo
當然囉!

그럼요.
geu.ro*.myo
那當然!

저도요.
jo*.do.yo
我也是。

어쩐지…
o*.jjo*n.ji
怪不得…。

뭐라고 하셨어요?
mwo.ra.go/ha.syo*.sso*.yo
您説什麼?

그게 무슨 뜻이야?
geu.ge/mu.seun/deu.si.ya
那是什麼意思?

좋아요.
jo.a.yo
好啊!

싫어요.
si.ro*.yo
不要!

그래.
geu.re*
好。/知道了。

잠깐, 방금 뭐랬어요?
jam.gan//bang.geum/mwo.re*.sso*.yo
等一下,你剛才説什麼?

會話一

A : 오늘 집에 중요한 일이 있으니까 수업 끝나
　　면 바로 집에 돌아와.
o.neul/jji.be/jung.yo.han/i.ri/i.sseu.ni.ga/
su.o*p/geun.na.myo*n/ba.ro/ji.be/do.ra.
wa
今天家裡有重要的事，你下課後馬上
回家。

B : 알았어. 일찍 돌아올게요.
a.ra.sso*.yo/il.jjik/do.ra.ol.ge.yo
知道了，我會早點回來。

會話二

A : 내일 할 일 없으면 나랑 데이트하자.
ne*.il/hal/il/o*p.sseu.myo*n/na.rang/
de.i.teu.ha.ja
明天你沒事的話，和我約會吧！

B : 응? 뭐라고?
eung//mwo.ra.go
啊？你説什麼？

私藏韓語
會話學習書

（50開）

韓國人
最常用的

慣用語 （25開）

韓語單字
萬用小抄一本

就GO （48開）

無論你是韓流追星族、想認識韓國朋友，還是想前往韓國旅行，或是想增進自己韓語會話能力，本書都能一次滿足你的需求！

最適合韓語初學者的第一本韓語會話書！

輕巧好攜帶，走到哪學到哪！

跟韓國人聊天的時候，常常卡住不知道那個字該怎麼說嗎？

請你立即翻開本書！

本書歸納了韓國人日常生活中最常用、也最道地的慣用語。

不管是老師沒教的、還是字典查不到的，全部都收錄在本書中！！

背單字，你用對方法了嗎？

如果可以配合英文或漢字一起學習，是不是可以事半功倍呢？

本書專為初學者設計，網羅生活中必備的單字，

不論是你想找的單字，還是想說的話，通通都在這一本！

私藏日語
單字學習書

（50開）

私藏日本語
學習書

（50開）

國民日語
會話大全集

（50開）

別誤會，這個單字用才對！
你的日語單字用對了嗎？快來檢查自己的日語單字力！
精選容易混淆誤用的單字用清楚易懂的重點解釋，搭配例句說明用法！
讓您清楚分辨每個單字的正確意思，準確表達不出糗！

初學者也能熟記的私藏日語會話。
精心彙整日本人最常使用的必備生活會話短句，
透過簡單扼要的句型說明，讓您輕鬆上手。
搭配最實用的情境對話，初學者也能成為日語會話達人。

最貼近生活的超實用會話大全集，詳列一定會用到的各式生活會話短句，
隨時翻、馬上學、立即應用！
讓您從容面對各種場景、輕鬆表情達意！

永續圖書
線上購物網

www.foreverbooks.com.tw

◆ 加入會員即享活動及會員折扣。

◆ 每月均有優惠活動，期期不同。

◆ 新加入會員三天內訂購書籍不限本數金額，
即贈送精選書籍一本。（依網站標示為主）

專業圖書發行、書局經銷、圖書出版

永續圖書總代理：

五觀藝術出版社、培育文化、棋茵出版社、達觀出版社、
可道書坊、白橡文化、大拓文化、讀品文化、雅典文化、
知音人文化、手藝家出版社、璞珅文化、智學堂文化、語
言鳥文化

活動期內，永續圖書將保留變更或終止該活動之權利及最終決定權。

國家圖書館出版品預行編目資料

韓語會話萬用小抄一本就GO／雅典韓研所企編.
-- 初版 -- 新北市：雅典文化，民103.06
面；　公分. --（生活韓語；5）
ISBN 978-986-5753-11-5（平裝附光碟片）
1. 韓語 2. 會話
803.288　　　　　　　　　　　　　103007249

生活韓語系列 05

韓語會話萬用小抄一本就GO

企編／雅典韓研所
責任編輯／呂欣穎
美術編輯／蕭若辰
封面設計／劉逸芹

法律顧問：方圓法律事務所／涂成樞律師

總經銷：永續圖書有限公司
永續圖書線上購物網
www.foreverbooks.com.tw

CVS代理／美璟文化有限公司
TEL：（02）2723-9968
FAX：（02）2723-9668

出版日／2014年6月

雅典文化

出版社
22103　新北市汐止區大同路三段194號9樓之1
TEL　（02）8647-3663
FAX　（02）8647-3660

韓語會話萬用小抄一本就GO

雅致風靡　典藏文化

親愛的顧客您好，感謝您購買這本書。即日起，填寫讀者回函卡寄回至本公司，我們每月將抽出一百名回函讀者，寄出精美禮物並享有生日當月購書優惠！想知道更多更即時的消息，歡迎加入"永續圖書粉絲團"您也可以選擇傳真、掃描或用本公司準備的免郵回函寄回，謝謝。

傳真電話：(02) 8647-3660　　　　電子信箱：yungjiuh@ms45.hinet.net

姓名：	性別：　□男　□女

出生日期：　年　月　日　電話：

學歷：　　　　　　　　職業：

E-mail：

地址：□□□

從何處購買此書：　　　　　購買金額：　　　　元

購買本書動機：□封面 □書名□排版 □內容 □作者 □偶然衝動

你對本書的意見：
內容：□滿意□尚可□待改進　編輯：□滿意□尚可□待改進
封面：□滿意□尚可□待改進　定價：□滿意□尚可□待改進

其他建議：

總經銷：永續圖書有限公司

永續圖書線上購物網
www.foreverbooks.com.tw

您可以使用以下方式將回函寄回。

您的回覆，是我們進步的最大動力，謝謝。

① 使用本公司準備的免郵回函寄回。

② 傳真電話：（02）8647-3660

③ 掃描圖檔寄到電子信箱：

　yungjiuh@ms45.hinet.net

沿此線對折後寄回，謝謝。

2 2 1 - 0 3

 雅典文化事業有限公司　收

新北市汐止區大同路三段194號9樓之1

雅致風靡　典藏文化